O VELHO DA HORTA

AUTO DA BARCA DO INFERNO

Gil Vicente

Copyright © 2018 da edição: Editora DCL – Difusão Cultural do Livro

DIRETOR EDITORIAL: Raul Maia
ORGANIZAÇÃO E COMENTÁRIOS: Laura Bacellar
REVISORES DA COLEÇÃO: Eder Fábio Odorize Veiga
Elmo Batista Odorize Veiga
ILUSTRAÇÃO DA CAPA: João Lin

**Texto em conformidade com as regras do
Novo Acordo Ortográfico da Língua Portuguesa**

Dados Internacionais de Catalogação na Publicação (CIP)

(Câmara Brasileira do Livro, SP, Brasil)

Vicente, Gil, 1465-1536.
O velho da horta ; O Auto da Barca do Inferno / Gil Vicente. –
São Paulo : DCL, 2010. – (Coleção grandes nomes da literatura)

ISBN 978-85-368-0758-4

1. Teatro português I. Título. II. Título: O Auto da Barca do
Inferno. III. Série.

09-09779   CDD-869.2

Índice para catálogo sistemático:
1. Romances: Literatura brasileira   869.2

Editora DCL – Difusão Cultural do Livro Ltda.
Av. Marquês de São Vicente,1619 – 26º andar – Conj. 2612
Barra Funda – São Paulo – SP – 01139-003
Tel.: (0xx11) 3932-5222
www.editoradcl.com.br

Sumário

APRESENTAÇÃO	4
A CRÍTICA SOCIAL	5
FINA SÁTIRA	7
BIOGRAFIA	7
OBRAS	9
FIGURAS	10

Gil Vicente

APRESENTAÇÃO

Teatro para um novo mundo

As presentes obras, *O Auto da Barca do Inferno* e *Farsa do Velho da Horta*, são consideradas das melhores de um teatrólogo genial, Gil Vicente, que para muitos estudiosos se equipara ou supera Camões no talento literário em língua portuguesa.

Pouco se sabe a respeito do homem, além de que viveu no final do século 15 e início do 16 em Portugal. Pelas suas obras, no entanto, podemos perceber um artista atento às modificações pelas quais a sociedade portuguesa passava e muito preocupado com a moralidade dos homens.

Gil Vicente viveu durante a era de ouro das explorações portuguesas, quando a costa africana foi descoberta e mapeada pelos navegantes portugueses, Bartolomeu Dias dobrou o Cabo das Tormentas, Vasco da Gama chegou à Índia, Lisboa transformou-se no centro comercial mais importante da Europa para as especiarias trazidas do Oriente. Muito próximo da corte, ele acompanhou a opulência do reinado de Dom Manuel e a construção de monumentos espetaculares, como o Mosteiro dos Jerônimos em Belém, a descoberta do Brasil e, mais para o final da vida, presenciou o início da crise do império português durante o reinado de Dom João III, que permitiu que a Igreja promovesse perseguições sangrentas aos cristãos novos e instaurasse a Inquisição. Esse período foi turbulento ainda porque o rei teve problemas para gerir os territórios extremamente dispersos da coroa portuguesa.

Claro que uma época de acontecimentos tão dramáticos provocou mudanças profundas em todos os aspectos da vida em Portugal. O comércio propiciou uma riqueza antes inconcebível, que desestruturou a organização feudal da pequena nação e deu ímpeto à burguesia, ao crescimento das cidades, às profissões não ligadas à terra, às artes, ao luxo. O contato com o Oriente trouxe, além dos temperos picantes, muitas ideias novas. A Europa passava pelo Renascimento e toda a redescoberta do classicismo, dos autores cultuados durante a Antiguidade grega e romana, atingiu também Portugal, revolucionando as artes antes dominadas pela Igreja.

O que se nota pela obra de Gil Vicente, no entanto, é uma constante resistência ao torvelinho de mudanças quando ameaçavam o que ele considerava bom e correto. O autor é visto como um arguto observador da sociedade da época, mas com um pé solidamente fincado nos valores medievais ditados pela fé cristã.

Assim, muitos de seus autos, inclusive *O Auto da Barca do Inferno*, são caracterizados pela intenção de instruir moralmente de acordo com a fé cristã e são chamados por ele mesmo de autos da moralidade. Parte de uma tradição que remonta à Idade Média, os autos utilizam figuram alegóricas para representar o embate entre o Bem e o Mal, e o autor fez questão de não aderir às novas modas de versificação renascentista, prendendo-se ao rígido esquema de versos em estrofes de sete sílabas, as redondilhas maiores.

Recusou-se também a seguir os padrões do teatro clássico recuperado dos antigos e que pressupunha uma concentração de poucos personagens em torno de um único tema e atuado num tempo ficcional reduzido. Gil Vicente, ao contrário, foi utilizando um número cada vez maior de personagens em suas obras teatrais, incluiu eras inteiras no tempo ficcional da ação (mas não da representação) e misturou lugares os mais variados em suas peças. Além disso, foi seu toque pessoal de artista muito criativo e inovador incluir todas as classes sociais em suas cenas, registrar as falas dos diferentes estratos e profissões, captar expressões regionais e, com uma maestria de poucos, misturar português, espanhol – a língua internacional daquela época –, latim e ainda o dialeto rústico saiaguês, tudo isso em versos sem perder a graça ou a naturalidade.

O autor fez uso de alegorias comuns em obras medievais, como o anjo e o diabo de *O Auto da Barca do Inferno*, mas foi além e deu vida a personagens característicos de sua época, injetando grandes doses de ironia e agilidade verbal aos diálogos, como se vê na divertida farsa *O Velho da Horta*. Seu sistema de crenças é sem dúvida o tradicional cristão, mas pode-se dizer que o outro pé do grande artista foi fincado no Renascimento e deu cor e sabores à arte teatral como ela não conhecia.

Não por acaso, é considerado o pai do teatro português.

A crítica social

O Auto da Barca do Inferno é a primeira obra da Trilogia das Barcas, de que fazem parte ainda os autos da *Barca do Purgatório* e da *Barca da Glória*, tendo sido apresentado pela primeira vez em 1517 na corte do rei Dom Manuel, encomendada por Dona Leonor.

Num cenário imaginário com um toque da mitologia grega, almas vão chegando a um rio ou braço de mar que precisam atravessar. Lá atracadas há duas barcas, uma capitaneada pelo diabo junto com um companheiro, destinada ao inferno, e a outra por um anjo, destinada ao paraíso.

As almas trazem maneirismos, objetos e até companhia do mundo dos vivos e tentam, obviamente, evitar ir com o diabo. Através das conversas com ele e com o anjo, que secamente recusa-se a embarcá-los, os mortos vão entendendo que o que fizeram em vida tem consequências nesse momento.

A figura do diabo de Gil Vicente é muito original por não se apresentar como o tradicional sedutor que corrompe, mas um irônico observador que revela os males ocultos de cada alma. Com humor e inteligência, o personagem assume a forma de falar dos que chegam e atira os vícios e as fraquezas de volta a cada um, insistindo para que subam à barca do inferno.

Gil Vicente

Esse formato permite a Gil Vicente criticar figuras emblemáticas da sociedade portuguesa, sem medo inclusive de expor os defeitos das autoridades, dos nobres e do clero. Percebe-se que o autor estava realmente empenhado em mostrar aos que assistiam à peça que cada um tem uma alma para salvar e que é imperativo comportar-se com honestidade durante a vida.

No presente auto, criticou a nobreza através da figura do Fidalgo, que chega com tanta pompa que um servo carrega a longa cauda de sua capa e ainda uma cadeira para que possa sentar. O diabo brinca com sua presunção e o condena por ter sido orgulhoso e tirânico. Gil Vicente acrescenta uma pontada no hábito de comprar indulgências difundido entre os poderosos, que esperavam que o pagamento por missas e cartas de perdão emitidas pela Igreja compensasse seu comportamento pouco digno.

O autor abre fogo também contra os agiotas na figura do Onzeneiro, que ali descobre que o dinheiro não o acompanhou até esse outro mundo. A Igreja na época condenava com severidade as atividades de usura, o que pode tornar a leitura muito irônica para os leitores que perceberem que o personagem seria hoje um banqueiro.

Curiosamente, o próximo a chegar, o Parvo, figura alegórica muito comum nos autos medievais, é um dos poucos a escapar do diabo. Gil Vicente demonstra nesse trecho ser um pensador que de fato refletia sobre o que era correto, não apenas papagueando os preceitos da Igreja. No diálogo que o tolo tem com o anjo, quando este lhe pergunta quem é, o outro responde: "talvez alguém", humildade em agudo contraste com a postura dos outros que chegam ao cais e que lhe permite subir à barca da Glória.

O dramaturgo continua, por meio de quadros quase independentes em que os personagens já em cena interagem muito pouco entre si, a apresentar almas que merecem o inferno. Notável é a crítica que faz aos habitantes dos novos centros urbanos através da condenação alegórica do Sapateiro, que chega com as ferramentas de seu ofício e é ironizado pelo diabo por ter enganado seus clientes; do Frade, que vem acompanhado de uma amante e portando armas, sendo condenado por achar que não precisava seguir a conduta esperada de um religioso, bastando estar nominalmente a serviço da fé; e do Corregedor e Procurador, ambos representantes do sistema legal português obrigados a seguir para o inferno por terem-se deixado corromper com propinas.

É interessante notar que o autor não se coloca contra as instituições das guildas (as associações organizadas de artesãos) nem contra a Igreja ou a Justiça, mas sim contra a hipocrisia e desonestidade dos indivíduos que se veem no poder e o utilizam de maneira predatória. Sabe-se que a crítica ferina presente em toda a obra de Gil Vicente desagradou a nobres e padres, mas pode ser proferida com tranquilidade pela proximidade que o autor manteve durante toda a vida dos reis de Portugal. Desde a primeira peça, em 1502, ele foi como que adotado na corte e tornou-se o teatrólogo oficial do reino.

Fina sátira

Em *O Velho da Horta*, Gil Vicente diverte seu público apresentando mais personagens típicos – o Velho e a Moça – numa situação ridícula: ele tão apaixonado que perde toda a sua fortuna tentando conquistá-la, sem qualquer sucesso. O autor mostra aqui perfeito domínio do diálogo, opondo a seriedade dos sentimentos amorosos do chacareiro – carregada dos lugares-comuns da poesia palaciana da época – à ironia seca e cortante da moça. Sempre preso a um esquema rígido de versificação, quatro versos em redondilhas maiores e um quinto verso com três sílabas métricas, Gil Vicente exibe sua genialidade ao desenvolver personagens ricos e expressivos, representantes da população de Portugal na época mas tão verdadeiros que ainda são engraçados hoje. A ação é contínua e encadeada, toda no mesmo cenário, com certeza para facilitar ser encenada sem grandes aparatos teatrais.

Há, como sempre, um fundo moralizante nessa farsa, já que o personagem principal, que reza o pai-nosso em latim quebrado, logo se dispõe a pagar uma alcoviteira para fazer feitiços bem pouco cristãos para atrair a moça por quem ele está apaixonado, perdendo sua fortuna dessa maneira. No entanto, o autor aqui não carrega na crítica e sim na ironia, fazendo menção a muitas figuras da corte e alfinetando a solenidade da poesia lírica da época, chegando a mencionar personagens e autores famosos do *Cancioneiro Geral*, célebre antologia organizada por Garcia de Resende.

Apesar das referências irônicas, a obra de Gil Vicente teve sua excelência reconhecida já em sua época e alguns de seus poemas foram recolhidos nessa mesma antologia, tendo seus 44 autos recebido contínuo patrocínio dos reis de Portugal. Sua temática, traduzida para dezenas de idiomas, é considerada universal, visto ter a capacidade de atravessar séculos e culturas sem perder a relevância.

Biografia

Gil Vicente viveu numa época de pouca documentação do indivíduo comum, daí não sabermos ao certo sua data ou local de nascimento. Vários historiadores acreditam que tenha sido no ano de 1465 em Guimarães, mas não há certeza. Acredita-se que tenha falecido logo depois de 1536, já que a encenação de sua última peça, *Floresta de Enganos*, ocorreu naquele ano.

Na mesma época há menção da existência de dois outros homens chamados Gil Vicente em Portugal, um ourives famoso, responsável pela produção da notável peça Custódia de Belém, de 1506, e outro que teria sido o mestre da balança da Casa da Moeda. Não se sabe se foram todos o mesmo ou se o teatrólogo nada tinha a ver com o ourives e o funcionário real.

Gil Vicente

O que se sabe ao certo é que a carreira teatral de Gil Vicente iniciou-se em 1502 com o *Monólogo do Vaqueiro* ou *Auto da Visitação*, uma peça apresentada à rainha Dona Maria quando grávida do futuro João III. Simples e encenada dentro dos aposentos da jovem mãe, teve como audiência, além do rei e da rainha, dona Leonor, viúva do rei João II, e Dona Beatriz, mãe do rei Dom Manuel. Nela um vaqueiro apresenta seus desejos sinceros de que o príncipe por nascer seja feliz e abençoado e lhe oferece presentes também singelos. Fez tanto sucesso que os reis lhe pediram que a repetisse no Natal, mas Gil Vicente teve outra ideia: escreveu novo auto, dessa vez natalino, o *Auto Pastoril Castelhano*, para apresentar à corte naquela festa.

Nota-se nesses primeiros trabalhos a presença forte da temática cristã, ambos inspirados na menção dos Evangelhos ao nascimento de Jesus, porém colocados de forma profana, voltada para o divertimento. Com o interesse de Dona Leonor, que colocou o dramaturgo sob sua proteção, Gil Vicente ficou encarregado de produzir peças para a corte, além de organizar os festejos.

Além da originalidade com que misturou temas religiosos com ironia e crítica social, presentes na sua obra-prima Trilogia das Barcas, de que o *Auto da Barca do Inferno* é a primeira, o autor produziu peças de caráter patriótico, como a *Exortação da Guerra*, o *Auto da fama* e *Cortes de Júpiter*, nos quais exalta Portugal; e de extremo lirismo religioso, como no *Auto da Alma*, tendo sido chamado de "poeta da virgem".

Gil Vicente inovou também ao produzir peças organizadas num esquema narrativo mais moderno, em que as cenas se encadeiam não como quadros quase independentes, mas numa relação de causa e efeito. Os personagens, apesar de ainda alegóricos, têm nesses casos uma caracterização mais realista, o que aumenta sua comicidade. Pertencem a este grupo a *Farsa de Inês Pereira*, a *Farsa do Velho da Horta* e o *Auto da Índia*. Neste último, satirizou sem piedade as motivações excessivamente materialistas dos navegadores e comerciantes portugueses no Oriente, demonstrando uma acuidade incomum para com a expansão ultramarina portuguesa, um processo ainda em seu apogeu e glorificado por todos.

Gil Vicente casou-se duas vezes e teve cinco filhos. Os mais conhecidos são Paula Vicente, que teria sido uma dama muito culta para a época, e o poeta Luís Vicente, organizador da primeira compilação das obras de seu pai, a *Copilaçam de Todalas Obras de Gil Vicente*, publicada postumamente em 1562.

Deixou um legado de obras ricas nas muitas falas do português e do espanhol do início do século 16, além de um retrato vivo das variadas classes sociais da época.

Obras

Monólogo do Vaqueiro ou Auto da Visitação (1502)
Auto Pastoril Castelhano (1502)
Auto dos Reis Magos (1503)
Auto de São Martinho (1504)
Quem Tem Farelos? (1505)
Auto da Alma (1508)
Auto da Índia (1509)
Auto da Fé (1510)
O Velho da Horta (1512)
Exortação da Guerra (1513)
Comédia do Viúvo (1514)
Auto da Fama (1516)
Auto da Barca do Inferno (1517)
Auto da Barca do Purgatório(1518)
Auto da Barca da Glória (1519)
Cortes de Júpiter (1521)
Comédia de Rubena (1521)
Farsa de Inês Pereira (1523)
Auto Pastoril Português (1523)
Frágua de Amor (1524)
Farsa do Juiz da Beira (1525)
Farsa do Templo de Apolo (1526)
Auto da Nau de Amores (1527)
Auto da História de Deus (1527)
Tragicomédia Pastoril da Serra da Estrela (1527)
Farsa dos Almocreves (1527)
Auto da Feira (1528)
Farsa do Clérigo da Beira (1529)
Auto do Triunfo do Inverno (1529)
Auto da Lusitânia, intercalado com o entremez Todo-o-Mundo e Ninguém (1532)
Auto de Amadis de Gaula (1533)
Romagem dos Agravados (1533)
Auto da Cananea (1534)
Auto de Mofina Mendes (1534)
Floresta de Enganos (1536)

O Velho da Horta

Figuras

O VELHO
A MOÇA
O PARVO, criado do Velho
A MULHER do Velho

A MOCINHA
O ALCAIDE
BELEGUINS

A seguinte farsa, é o seu argumento que um homem honrado e muito rico, já velho, tinha uma horta; e andando uma manhã por ela espairecendo, sendo o seu hortelão[1] fora, veio uma Moça de muito bom parecer buscar hortaliça, e o Velho em tanta maneira se enamorou dela que, por via de uma Alcoviteira[2], gastou toda a sua fazenda. A Alcoviteira foi açoitada, e a Moça casou honradamente. Entra logo o Velho rezando pela horta. Foi representada ao mui sereníssimo rei D. Manuel[3], o primeiro desse nome. Era do Senhor de M.D.XII[4].

Velho:
Pater noster criador,
qui es in coelis poderoso,
sanctificetur, senhor,
nomen tuum vencedor,
nos céus e terra piedoso.
Adveniat a tua graça,
regnum tuum sem mais guerra,
voluntas tua se faça
sicut in coelo et in terra.
Panem nostrum, que comemos,
quotidianum, teu é,

---

1. Hortelão: rapaz que cuida da horta.
2. Alcoviteira: mexeriqueira; mulher que arranja encontros amorosos.
3. Dom Manuel, O Venturoso, foi rei de Portugal entre 1495 e 1521. Governou ao longo de um período em que o reino se encontrava em ascensão, durante a expansão marítima, que levou os portugueses ao Oriente (1498) e ao Brasil (1500). Centralizou o poder, estabelecendo um forte absolutismo monárquico, limitou os poderes da nobreza e expulsou os judeus que não quiseram se converter ao catolicismo.
4. Ano de 1512.

O Velho da Horta

escusá-lo nao[5] podemos,
inda que o não merecemos,
tu da nobis hodie.
Dimitte nobis, senhor,
debita nossos *errores,*
sicut et nos, por teu amor,
dimittimus qualquer error,
aos nossos devedores.
Et ne nos, Deus, te pedimos,
inducas por nenhum modo
in tentationem caímos;
porque fracos nos sentimos,
formados de triste lodo.
Sed libera nossa fraqueza,
nos a malo nesta vida,
amen, por tua grandeza,
e nos livre tua alteza
da tristeza sem medida.[6]

Entra a Moça na horta e diz o Velho:

Velho:
Senhora, benza-vos Deus.

Moça:
Deus vos mantenha, senhor.

Velho:
Onde se criou tal flor?
Eu diria que nos céus.

Moça:
Mas no chão.

---

5 . No original, "nam" – todas as palavras terminadas em "ão" aparecem nesta peça com "am". No *Auto da Barca do Inferno* Gil Vicente emprega o "ão", como fazemos hoje, o que denota a convivência das duas formas no período em que escreveu sua obra. Optamos pela atualização da grafia dessas ocorrências nesta peça porque são muito abundantes os casos, o que, do ponto de vista didático, dificulta a leitura, sendo que a substituição do "am" pelo "ão" não afeta nem a métrica nem as rimas dos versos.
6 . Toda essa fala do Velho é uma paródia da oração cristã "pai-nosso", aqui apresentada metade em latim – como era rezada na Igreja de então – e metade em português, denunciando a ignorância letrada do Velho. Note-se ainda que a última parte da oração, que corresponderia, hoje em dia, ao trecho "não nos deixeis cair em tentação, mas livrai-nos do mal", tem um evidente vínculo com a trama central do auto, a paixão do Velho pela Moça.

11

Gil Vicente

Velho:
    Pois damas se acharão
    que não são vosso sapato.[7]

Moça:
    Ai! Como isso é tão vão,
    e como as lisonjas são
    de barato!

Velho:
    Que buscais vós cá, donzela,
    senhora, meu coração?

Moça:
    Vinha ao vosso hortelão
    por cheiros[8] para a panela.

Velho:
    E a isso
    vindes vós, meu paraíso,
    minha senhora, e não al[9]?

Moça:
    Vistes vós! Segundo isso,
    nenhum velho não tem siso[10]
    natural.

Velho:
    Ó meus olhinhos garridos,
    minha rosa, meu arminho!

Moça:
    Onde é vosso ratinho[11]?
    Não tem os cheiros colhidos?

Velho:
    Tão depressa
    vindes vós, minha condessa,
    meu amor, meu coração!

---

7 . Com essa fala, o Velho quer dizer que há damas que não chegam aos pés da Moça, ou seja, que lhe são muito inferiores.
8 . Cheiros: hortaliças.
9 . Al: mais.
10 . Siso: juízo. Vale notar também a negação dupla que aparece nesse verso: "nenhum velho não tem siso natural", que corresponde a "nenhum velho tem siso natural".
11 . Ratinho: refere-se ao empregado da horta, o hortelão.

O Velho da Horta

Moça:
Jesus! Jesus! Que coisa é essa?
E que prática tão avessa
da razão!
Falai, falai d'outra maneira:
mandai-me dar a hortaliça.

Velho:
Grão fogo de amor me atiça,
ó minha alma verdadeira!

Moça:
E essa tosse?
Amores de sobreposse[12]
serão os da vossa idade:
o tempo vos tirou a posse.

Velho:
Mais amo, que se moço fosse
com a metade.[13]

Moça:
E qual será a desastrada
que atente em vosso amor?

Velho:
Ó minha alma e minha dor,
quem vos tivesse furtada![14]

Moça:
Que prazer!
Quem vos isso ouvir dizer
cuidará que estais vós vivo,
ou que sois para viver.

Velho:
Vivo não no quero ser,
mas cativo.

---

12. Sobreposse: excessivo, demasiado – ou seja, a Moça quer dizer que os amores que o Velho lhe dedica são inadequados para a idade dela.
13. A fala do Velho é um tanto obscura, mas provavelmente significa que o amor dele é tão grande que, se fosse moço, amaria apenas a metade do que ama agora.
14. Essa fala expressa o espanto do Velho pela pergunta anterior da Moça, já que ele julga ser óbvia a resposta sobre quem lhe furtou a alma e lhe impinge a dor de amar. Repare-se que a Moça responde a seguir com a expressão "Que prazer", para se opor à ideia do sofrimento amoroso do Velho.

Gil Vicente

Moça:
>   Vossa alma não é lembrada
>   que vos despede esta vida?[15]

Velho:
>   Vós sois minha despedida,
>   minha morte antecipada.

Moça:
>   Que galante!
>   Que rosa, que diamante,
>   que preciosa perla[16] fina!

Velho:
>   Oh fortuna triunfante!
>   Quem meteu um Velho amante
>   com menina!
>   O maior risco da vida,
>   e mais perigoso, é amar;
>   que morrer é acabar,
>   e amor não tem saída.
>   E pois penado,
>   ainda que seja amado,
>   vive qualquer amador;
>   que fará o desamado,
>   e sendo desesperado
>   de favor?[17]

Moça:
>   Ora, dá-lhe lá favores!
>   Velhice, como t'enganas!

Velho:
>   Essas palavras ufanas[18]
>   acendem mais os amores.

---

15. A Moça, nessa fala, usando de uma metonímia – "Vossa alma não é lembrada" – está na verdade querendo dizer ao Velho que ele devia lembrar de que já está no fim da vida.
16. Perla: pérola.
17. Nesses versos o Velho afirma que amar é pior do que morrer pois, quando se morre, tudo se acaba, e, quando se ama, não há como escapar a isso. Ele nota que, mesmo quando o amor é correspondido, os amantes sofrem sempre e se pergunta que poderá fazer então aquele que ama sem ser amado, já que não tem esperança alguma ("sendo desesperado") de felicidade ("De favor"). Esse trecho imita o estilo da poesia do século 16 com todos os seus floreios de sentimentos e lamentos sobre o poder do amor acima da razão, o que torna os contrapontos com a ironia da Moça mais engraçados.
18. Ufanas: arrogantes.

O Velho da Horta

Moça:
  Bom homem, estais às escuras,
  não vos vedes como estais?

Velho:
  Vós me cegais com tristuras,
  mas vejo as desaventuras
  que me dais.

Moça:
  Não vedes que sois já morto,
  e andais contra a natura?

Velho:
  Ó flor da mor[19] formosura,
  quem vos trouxe este meu horto?[20]
  Ai de mi[21]!
  Porque assi como vos vi,
  cegou minha alma e a vida
  e está tão fora de si,
  qu'em partindo vós daqui,
  é partida.[22]

Moça:
  Já perto sois de morrer:
  donde nasce esta sandice,
  que, quanto mais na velhice,
  amais os velhos viver?
  E mais querida,
  quando estais mais de partida,
  é a vida que leixais[23]?

Velho:
  Tanto sois mais homicida,
  que, quando amo mais a vida,
  ma tirais.
  Porque minha hora d'agora
  val[24] vinte anos dos passados;

---

19. Mor: maior.
20. Leia-se: "quem vos trouxe a este meu horto".
21. Mi: mim.
22. O Velho, nessa fala, revela em tom de lamento que ficou fora de si após conhecer a Moça e que, se ela se for, a vida dele também partirá.
23. Leixais: deixais.
24. Val: vale.

15

que os moços namorados
a mocidade os escora.
Mas um velho,
em idade de conselho,
de menina namorado...
Ó minha alma e meu espelho![25]

Moça:
Ó miolo de coelho
mal assado.[26]

Velho:
Quanto for mais avisado
quem d'amor vive penando,
terá menos siso amando,
porque é mais namorado.
Em conclusão,
que amor não quer razão,
nem contrato, nem cautela[27],
nem preito[28], nem condição,
mas penar de coração
sem querela[29].

Moça:
U-los[30] esses namorados?
Desinçada[31] é a terra deles,
olho mau se meteu neles:
namorados de cruzados,[32]
isso si[33].

---

25. Nesse verso, o Velho faz notar o descompasso que existe entre a sua alma jovem de amor e o espelho que revela a velhice de seu corpo.
26. Note-se como a Moça não só é implacável em sua recusa como irônica ao extremo em relação aos sentimentos do Velho. O autor aqui sem dúvida expõe sua opinião sobre o modo de falar do amor – sério, carregado de clichês – das obras líricas famosas na época.
27. Cautela: neste contexto, título que dá garantia para o pagamento de uma dívida qualquer.
28. Preito: respeito, veneração, vassalagem.
29. Querela: em seu sentido antigo, queixa, lamentação.
30. U: onde; u-los: onde (estão) eles.
31. Desinçada: livre.
32. Namorados de cruzados: alusão à ideia de que os casamentos eram feitos com interesse nos dotes financeiros das mulheres e não nos sentimentos. "Cruzados" pode referir-se aqui tanto à moeda que surgira durante o reinado de Afonso V (cognominado "o Africano" e que reinou entre 1438 e 1481), como às Cruzadas, expedições militares empreendidas pelos cristãos desde o século XI com o intuito de tomar Jerusalém ou de simplesmente combater os não-cristãos, das quais muitos retornavam enriquecidos pelas pilhagens de riquezas dos inimigos.
33. Si: sim.

O Velho da Horta

Velho:
Senhora, eis-me eu aqui,
que não sei senão amar.
Ó meu rosto de alfeni[34],
que em forte ponto[35] vos vi
neste pomar!

Moça:
Que Velho tão sem sossego!

Velho:
Que garridice[36] me viste?

Moça:
Mas dizei que me sentistes
remelado, meio cego?

Velho:
Mas de todo,
por mui namorado modo
me tendes, minha senhora,
já cego de todo em todo.

Moça:
Bem está quando tal lodo
se namora.

Velho:
Quanto mais estais avessa,
mais certo vos quero bem.

Moça:
O vosso hortelão não vem?
Quero m'ir, que estou de pressa.

Velho:
Ó formosa,
toda a minha horta é vossa.

Moça:
Não quero tanta franqueza.

---
34. Rosto de alfeni: rosto delicado.
35. Ponto: momento.
36. Garridice: excesso de galanteio.

17

Velho:
    Não por me serdes piedosa,
    porque, quanto mais graciosa,
    sois crueza.
    Cortai tudo sem partido[37],
    senhora, se sois servida,
    seja a horta destruída,
    pois seu dono é destruído.

Moça:
    Mana minha,[38]
    achastes vós a daninha,[39]
    porque não posso esperar,
    colherei alguma coisinha
    somente por ir asinha[40]
    e não tardar.

Velho:
    Colhei, rosa, dessas rosas,
    minhas flores, colhei flores,
    quisera que esses amores
    foram perlas preciosas.
    E de rubis
    o caminho por onde is,
    e a horta de ouro tal,
    com lavores mui sutis,
    pois que Deus fazer-vos quis
    angelical.
    Ditoso é o jardim
    que está em vosso poder:
    podeis, senhora, fazer
    dele o que fazeis de mi.

Moça:
    Que folgura,[41]
    que pomar e que verdura,
    que fonte tão esmerada!

---

37. Sem partido: sem reserva.
38. Mana minha: interjeição de espanto.
39. Nesse verso, a Moça parece sugerir com ironia que o Velho a acusa de ser uma erva daninha, que já teria destruído a ele e que poderia assim destruir também a sua horta.
40. Asinha: sem demora, depressa.
41. Que folgura: que abundância, que festa.

O Velho da Horta

Velho:
    N'água olhai vossa figura,
    vereis minha sepultura
    ser chegada.

Canta a Moça:
    "Cual es la niña
    que coge las flores
    sino tiene amores?
    Cogia la niña
    la rosa florida,
    el hortelanico
    prendas le pedia
    sino tienes amores."

Assi cantando, colheu a Moça da horta o que vinha buscar e, acabado, diz:

Moça:
    Eis aqui o que colhi;
    vede o que vos hei de dar.

Velho:
    Que me haveis vós de pagar,
    pois que me levais a mi?
    Oh coitado!
    Que amor me tem entregado
    e em vosso poder me fino,
    porque sou de vós tratado
    como pássaro em mão dado
    de um menino!

Moça:
    Senhor, com vossa mercê...

Velho:
    Por eu não ficar sem a vossa,
    queria de vós uma rosa.

Moça:
    Uma rosa para quê?

Velho:
    Porque são
    colhidas de vossa mão,
    leixar-me-eis alguma vida,

Moça:
    não isenta de paixão,
    mas será consolação
    na partida.

Moça:
    Isso é por me deter:
    ora tomai – acabar!

Tomou-lhe o Velho a mão.

Moça:
    Jesus! E quereis brincar?
    Que galante e que prazer!

Velho:
    Já me leixais?
    Lembre-vos que me lembrais,[42]
    e que não fico comigo.
    Ó marteiros[43] infernais!
    Não sei por que me matais,
    nem o que digo.

Vem um Parvo, criado do Velho, e diz:

Parvo:
    Dono, dizia minha dona,
    que fazeis vós cá t'à noite?

Velho:
    Vai-te daí, não t'açoite.
    Oh! Dou ó[44] decho a chaçona
    sem saber.[45]

Parvo:
    Diz que fôsseis vós comer
    e que não moreis aqui.

Velho:
    Não quero comer nem beber.

---

42. Nesse verso, o Velho quer dizer que não se esquece da Moça.
43. Marteiros: martírios.
44. Ó: ao.
45. O Velho afirma, nos dois últimos versos dessa fala, que daria a Mulher ao diabo sem sequer pensar (chaçona: resmungona – ou seja, a Mulher, neste caso –; decho: diabo).

O Velho da Horta

Parvo:
Pois que haveis cá de fazer?

Velho:
Vai-te d'i[46]!

Parvo:
Dono, veio lá meu tio,
estava minha dona – então ela,
foi-se-lhe o lume pela panela,
senão acertá-lo acario.[47]

Velho:
Ó senhora,
como sei que estais agora
sem saber minha saudade!
Ó senhora matadora,
meu coração vos adora
de vontade.

Parvo:
Raivou tanto rosmear,[48]
oh pesar ora da vida!
Está a panela cozida,
minha dona quer jantar:
não quereis?[49]

Velho:
Não hei de comer que me pês,[50]
nem quero comer bocado.

Parvo:
E se vós, dono, morreis?
então depois não falareis,
senão finado.

---
46 . D'i: daí.
47 . Essa fala do Parvo é obscura e seu significado não é consensual entre os especialistas. Após dizer que a Mulher do Velho colocara a panela no fogo, o Parvo emprega no verso seguinte a palavra "acario", que, para alguns, seria um neologismo criado por Gil Vicente para rimar com "tio", e, para outros, significaria uma ameaça de represália contra o Velho, no caso de não fazer o que queria sua Mulher.
48 . Rosmear: resmungar.
49 . O autor se utiliza mais uma vez da figura do tolo para fazer falar uma voz de simplicidade, que não se deixa levar por arroubos mas se atém aos fatos cotidianos, como comer e descansar.
50 . Pês: custe, pese. Assim, esse verso corresponde a: "Não hei de comer ainda que me custe".

Gil Vicente

Então na terra nego jazer,
então finar dono estendido.

Velho:
Oh quem não fora nascido,
ou acabasse de viver![51]

Parvo:
Assi, pardeos,[52]
então tanta pulga em vós,
tanta bichoca nos olhos,
ali, c'os finados, sós;
e comer-vos-ão a vós
os piolhos.

Comer-vos-ão as cigarras
e os sapos morrê morrê[53]

Velho:
Deus me faria mercê
de me soltar as amarras.
Vai saltando,
aqui te fico esperando:
traze a viola e veremos.

Parvo:
Ah corpo de são Fernando![54]
Estão os outros jantando,
e cantaremos?

Velho:
Quem fosse do teu teor,
por não se sentir tanta praga
de fogo que não se apaga,

---

51. Nessa fala o Velho quer dizer que preferiria jamais ter nascido ou já estar morto.
52. Assi, pardeos: assim, por Deus.
53. Morrê: morrei.
54. Possível referência ao Infante Santo Dom Fernando (1402-1443), que realizou uma expedição militar ao Marrocos, em meio à luta pela manutenção de Ceuta, conquistada pelos portugueses em 1415. Feito refém em Tânger, lá permaneceu cativo por muito tempo e lá acabaria por morrer.
No entanto, segundo José Camões, o São Fernando aqui referido seria Dom Fernando III (1198-1252), rei de Castela e Leão. Como comenta ainda José Camões, Fernando é também o nome do Velho.

nem abranda tanta dor,
hei de morrer.

Parvo:
Minha dona quer comer;
vinde eramá[55], dono, que brada,
olhai, eu fui-lhe dizer
dessa rosa e do tanger,
e está raivada.

Velho:
Vai-te tu, filho Joane,[56]
e dize que logo vou,
que não há tanto que cá estou.

Parvo:
Ireis vós para o Sanhoane[57]!
Pelo céu sagrado,
que meu dono está danado,
viu ele o demo no ramo,
se ele fosse namorado,
logo eu vou buscar outr'amo.

Vem a Mulher do Velho e diz:

Mulher:
Hui amara[58] do meu fado,
Fernand'Eanes[59], que é isto?

Velho:
Oh pesar do anticristo,
co'a velha destemperada!
Vistes ora?

55. Eramá: em má hora. Essa expressão, segundo Paul Teyssier, tem origem em antigas crenças astrológicas de que, de acordo com a conjunção astral, certas horas do dia influenciariam de forma negativa os empreendimentos humanos. De uso abundante nos autos vicentinos, sob a forma de diversas variantes (muitieramá, eramá, ieramá, aramá, maora, maocha, má hora, entre outras), funciona como uma imprecação que remeteria à maldição dos céus.
56. A expressão "filho Joane" parece significar aqui "filho ilegítimo", funcionando como um insulto. Ter-se-ia derivado do fato de o filho de Dom Pedro I com a amante Inês de Castro ter esse nome.
57. Sanhoane significa São João, e a fala do Parvo quereria assim dizer que o Velho só iria voltar para casa no dia de São João, além de servir como um trocadilho com a ofensa que recebera ("filho Joane").
58. Amara: amarga, amargura.
59. Fernand'Eanes parece referir-se ao nome do Velho mas, como termina em "ane(s)", como Joane e Sanhoane, haveria aí um jogo de palavras, talvez com o sentido de bastardia.

Gil Vicente

Mulher:
 Esta dama onde mora?
 Hui amara dos meus dias!
 Vinde jantar na maora,
 que vos metedes agora
 em musiquias[60]?

Velho:
 Pelo corpo de são Roque,
 comendo ó demo a gulosa! [51]

Mulher:
 Quem vos pôs hi[62] essa rosa?
 Má forca que vos enforque!

Velho:
 Não curar!
 Fareis bem de vos tornar,
 porque estou mui mal sentido;
 não cureis de me falar,
 que não se pode escusar
 ser perdido.[63]

Mulher:
 Agora co'as ervas novas
 vos tornastes vós g'ranhão!...

Velho:
 Não sei que é, nem que não,
 que hei de vir a fazer trovas.

Mulher:
 Que peçonha,
 havei maora vergonha
 ao cabo de sessenta anos,
 que sondes já carantonha[64].

---

60 . Musiquias: forma antiga para se referr a situações em que a música está presente; serenatas.
61 . O corpo de São Roque é aqui evocado, possivelmente porque é o santo protetor contra pestes e doenças contagiosas, como se a Mulher estivesse doente de gula e pudesse contaminá-lo. Esse verso é uma imprecação do Velho que corresponde a: "Que o diabo coma a gulosa".
62 . Hi: aí.
63 . Nessa fala, o Velho pede à Mulher que volte para casa e diz-lhe que é inútil interrogá-lo, pois ele está inevitavelmente apaixonado. As formas verbais no infinitivo, na época, equivaliam ao imperativo.
64 . Carantonha: cara feia, carrranca.

24

Velho:
Amores de quem me sonha
tantos danos.

Mulher:
Já vós estais em idade
de mudardes os costumes.

Velho:
Pois que me pedis ciúmes,
eu vo-lo farei verdade.

Mulher:
Olhade a peça!

Velho:
Nunca o demo em al m'empeça,
senão morrer de namorado.

Mulher:
Quer já cair da tripeça[65]
e tem rosa na cabeça
e embicado.

Velho:
Leixar-me ser namorado,
porque o sou muito em extremo.

Mulher:
Mas que vos tome inda o demo,
se vos já não tem tomado.

Velho:
Dona torta,
acertar por esta porta,
velha mal aventurada,
sair, maora, da horta!

Mulher:
Hui amara, aqui sou morta,
ou espancada.

Velho:
Estas velhas são pecados,
santa Maria val com a praga!

---
65. Tripeça: cadeira de três pés.

Gil Vicente

Quanto as homem mais afaga,
tanto mais são endiabradas!

Canta:

*"Volvido nos han volvido,
volvido nos han
por uma vecina mala
meu amor tolheu-me a fala,
volvido nos han."*

Vem Branca Gil,[66] alcoviteira, e diz:
Alcoviteira:
    Mantenha Deus vossa Mercê.

Velho:
    Bofé[67], vós venhais embora.[68]
    Ah santa Maria senhora,
    como logo Deus provê!

Alcoviteira:
    Si aosadas[69]!
    Eu venho por misturadas[70],
    e muito depressa ainda.

Velho:
    Misturadas mesandadas[71],
    que as fará bem guisadas
    vossa vinda.
    O caso é: sobre meus dias,
    em tempo contra razão,
    veio amor, sobre tenção,
    e fez de mi outro Mancias[72]

---

66. Branca Gil seria uma derivação da personagem Celestina da *Tragicomédia de Calisto y Melibea*, de Fernando de Rojas. A Alcoviteira é uma das figuras constantes na obra de Gil Vicente, servindo para representar muito do que ele condenava no comportamento afeito à magia e pouco respeitador dos preceitos cristãos de seus contemporâneos.
67. Bofé: à boa fé.
68. Embora: em boa hora.
69. Aosadas: seguramente.
70. Misturadas: hortaliças.
71. Mesendadas: amesendadas, postas à vontade, acomodadas; recomendadas, inculcadas. O Velho parece assim ironizar a Alcoviteira por meio de um duplo sentido, pois o significado de "mesendadas" pode aplicar-se também à atividade das alcoviteiras.
72. Nessa fala, o Velho afirma que, sem que houvesse intenção, o amor veio quando ele já não tinha idade para isso e fez dele outro Mancias, ou seja, mais um sofredor de amor. Garci

tão penado,
que de muito namorado
creio que me culpareis,
porque tomei tal cuidado,
e do velho testampado[73]
zombareis.

Alcoviteira:
Mas antes, senhor, agora
na velhice anda o amor;
o de idade d'amador
de ventura se namora.
E na corte
nenhum mancebo de sorte
não ama como soia,
tudo vai em zombaria,
nunca morrem desta morte
nenhum dia.
E folgo ora de ver
vossa mercê namorado,
que o homem bem criado
até morte o há de ser
por direito.
Não por modo contrafeito,
mas firme, sem ir atrás,
que a todo o homem perfeito
mandou Deus no seu preceito:
amarás.

Velho:
Isso é o demo que eu brado,
Branca Gil, e não me val,
que eu não daria um real
por homem desnamorado.
Porém, amiga,
se nesta minha fadiga
vós não sois medianeira,
não sei que maneira siga,
nem que faça, nem que diga,
nem que queira.

Sánchez de Badajoz, dito Mancias, foi um poeta galego que viveu entre os séculos XIV e XV e que se notabilizou por suas "lamentações de amor", figurando no Cancioneiro geral de Garcia de Resende. Note-se que Gil Vicente ironiza tais sentimentos exacerbados sem dó, fazendo do Velho uma figura ridícula a quem o amor não redime.
73. Testampado: desatinado.

Gil Vicente

Alcoviteira:
    Ando agora tão ditosa,
    louvores à virgem Maria,
    que acabo mais do que queria
    pela minha vida e vossa.
    D'antemão
    faço uma esconjuração
    c'um dente de negra morta,
    antes que entre pela porta,
    que exorta
    qualquer duro coração.
    Dizede-me, quem é ela?

Velho:
    Vive junto co'a Sé.

Alcoviteira:
    Já já já, bem sei quem é.
    É bonita como estrela,
    uma rosinha d'abril,
    uma frescura de maio,
    tão manhosa, tão sutil!

Velho:
    Acudi-me, Branca Gil,
    que desmaio!

Esmorece o Velho e a Alcoviteira começa a ladainha seguinte:[74]

Alcoviteira:
    Ó precioso santo Areliano[75],
    mártir bem-aventurado,
    tu que foste marteirado[76]
    neste mundo cento e um ano.
    Ó são Garcia

---

74. A ladainha de Branca Gil menciona uma série de "santos" que eram na verdade membros da corte portuguesa na época em que a farsa foi encenada. Com esse recurso, Gil Vicente tornou a peça mais engraçada para a sua plateia, fazendo com que muitos dos espectadores se vissem retratados no palco de forma cômica e que outros reconhecessem ali personalidades eminentes de seu tempo. Algumas dessas personagens eram poetas palacianos, outras damas que os inspirariam, ou "musas", sendo evocadas aqui como uma espécie de padroeiros daqueles que sofrem por amor, o que certamente representaria uma graça adicional para a plateia.
75. Referência a Juan Ramírez de Arellano, fidalgo castelhano.
76. Marteirado: martirizado, que sofreu como mártir.

Moniz[77], tu que hoje em dia
fazes milagres dobrados,
dá-lhe esforço e alegria,
pois que és da companhia
dos penados.
Ó Apóstolo são João Fogaça[78],
tu que sabes a verdade,
pela tua piedade,
que tanto mal não se faça.
Ó senhor
Tristão da Cunha[79], confessor,
ó mártere[80] Simão de Sousa[81],
pelo vosso santo amor,
livrai o Velho pecador
de tal cousa!
Ó santo Martim Afonso
de Melo,[82] tão namorado,
dá remédio a este coitado,
e eu te direi um responso[83]
com devoção.
Eu prometo uma oração,
cada dia, quatro meses,
por que lhe deis coração,
meu senhor são dom João
de Meneses[84]!
Ó mártere santo Amador
Gonçalo da Silva[85], vós,
que sois um só dos sós,
porfioso em amador
apressurado,
Chamai o marterizado[86]
dom Jorge de Eça[87] a conselho!

---

77. Tesoureiro da Moeda de Lisboa e irmão fundador da instituição das Misericórdias, responsável pela assistência a condenados, ao que os versos seguintes parecem fazer referência.
78. Referência a um dos poetas palacianos do *Cancioneiro geral*. Gil Vicente continua ironizando as pretensões poéticas de tantos membros da corte.
79. Embaixador de Dom Manuel junto ao papa entre 1513 e 1514.
80. Mártere: mártir.
81. Poeta do *Cancioneiro Geral*.
82. Esta pode ser uma referência a um capitão de Mazagão, antiga possessão portuguesa no norte da África ou a um poeta palaciano do *Cancioneiro geral*.
83. Responso: oração, peça cantada ou declamada em liturgias da Igreja Católica.
84. Tanto se pode tratar do conde de Tarouca como do filho do Senhor de Cantanhede, ambos poetas e autores de façanhas na África.
85. Poeta do *Cancioneiro geral*.
86. Marterizado: martirizado.
87. Fidalgo da Corte de Dom Manuel.

Gil Vicente

Dois casados num cuidado,[88]
socorrei a este coitado
deste Velho!
Arcanjo são comendador
mor d'Avis[89], mui inflamado,
que antes que fôsseis nado,
fostes santo no amor.
E não fique
o precioso dom Anrique,
outro mor de Santiago[90];
socorrei-lhe muito a pique,
antes que demo repique
com tal pago.[91]
Glorioso são dom Martinho[92],
apóstolo e evangelista,
tomai este feito à revista,[93]
porque leva mau caminho,
e dai-lhe espírito!
Ó santo barão de Alvito[94],
serafim do deus Cupido[95],
consolai o velho aflito,
porque, inda que contrito,
vai perdido.
Todos santos marteirados,
socorrei ao marteirado
que morre de namorado,
pois morreis de namorados.
Polo[96] livrar,
as Virgens quero chamar[97]
que lhe queiram socorrer,
ajudar e consolar,
que está já para acabar
de morrer.
Ó santa dona Maria
Anriques[98], tão preciosa,

---

88. Esse verso refere-se provavelmente a dois homens apaixonados por uma mesma mulher.
89. Dom Pedro da Silva, comendador de Avis.
90. Dom Henrique de Noronha, comendador-mor de Santiago.
91. A Alcoviteira quer dizer com essa fala que o socorro deve vir depressa, antes que o diabo faça repicar os sinos em comemoração.
92. Dom Martinho de Castelbranco, conde de Vila Nova de Portimão.
93. Esse verso corresponde a: "Relembre este fato".
94. Dom Diogo Lobo, 2º barão de Alvito ou Rodrigo (Rui) Lobo.
95. Deus romano do amor, filho de Marte e Vênus.
96. Polo: para o (livrar).
97. Gil Vicente evoca aqui as donzelas do Paço: as cinco primeiras citadas nas estrofes seguintes figuram no *Cancioneiro geral* na mesma ordem em que aparecem aqui.
98. Donzela da corte.

queirais-lhe ser piedosa
por vossa santa alegria.
E vossa vista,
que todo o mundo conquista,
esforce seu coração
porque à sua dor resista,
por vossa graça e benquista
condição.
Ó santa dona Joana
de Mendonça[99], tão formosa,
preciosa e mui lustrosa,
mui querida e mui ufana!
Dai-lhe vida
com outra santa escolhida
que tenho em *voluntas mea*[100];
seja de vós socorrida
como de Deus foi ouvida
a Cananea.[101]
Ó santa dona Joana
Manuel[102], pois que podeis,
e sabeis e mereceis,
ser angélica e humana,
socorrê.
E vós, senhora, por mercê,
ó santa dona Maria
de Calataúd[103], porque
vossa perfeição lhe dê
alegria.
Santa dona Catarina
de Figueiró[104], a real,
por vossa graça especial,
que os mais altos inclina,
e ajudará.
Santa Dona Beatriz de Sá[105],
dai-lhe, senhora, conforto,
porque está seu corpo já
quase morto.

---

99. Donzela do Paço, que se casaria com Dom Jaime, duque de Bragança.
100. *Voluntas mea*: minha vontade.
101. Menção a um episódio bíblico que relata o socorro que uma mulher de Cananeia recebeu de Cristo, que livrou sua filha do demônio (Mateus 15, 21-28). Gil Vicente dedicou um auto a esse episódio, intitulado justamente *Cananea*.
102. Donzela do Paço, filha de Dom João Manuel, poeta palaciano.
103. Dama da rainha Dona Maria, filha de João de Catalayud, porteiro-mor de Dom João III.
104. Dama da rainha Dona Maria.
105. Casada com Pedro Lasso, acompanhou Dona Isabel a Castela e seria, provavelmente, a mesma Beatriz que aparece na tragicomédia vicentina *Nau de Amores*.

Gil Vicente

> Santa dona Beatriz
> da Silva[106], que sois aquela
> mais estrela que donzela,
> como todo o mundo diz.
> E vós sentida
> santa dona Margarida
> de Sousa, lhe socorrê,
> se lhe puderdes dar vida,
> porque está já de partida
> sem porquê.
> Santa dona Violante
> de Lima, de grande estima,
> mui subida, muito acima
> d'estimar nenhum galante;
> peço-vos eu,
> e a dona Isabel d'Abreu,
> que hajais dele piedade
> c'o siso que Deus vos deu,
> que não moura de sandeu[107]
> em tal idade.
> Ó Santa Dona Maria
> de Taíde[108], fresca rosa,
> nascida em hora ditosa,
> quando Júpiter[109] se ria!
> E se ajudar
> santa Dona Ana, sem par
> d'Eça[110], bem aventurada,
> podei-lo ressuscitar,
> que sua vida vejo estar
> desesperada.
> Santas virgens, conservadas
> em mui santo e limpo estado,
> socorrei ao namorado,
> que vos vejais namoradas.

Velho:
> Oh coitado!
> Ai triste desatinado,
> ainda torno a viver;
> cuidei que já era livrado.

---
106. Essa e as três figuras femininas que aparecem a seguir eram damas da rainha Dona Maria.
107. Esse verso corresponde a: "Que não morra de tolice" ou "Que não morra enlouquecido".
108. Dama da rainha Dona Maria; pode tratar-se de Maria de Ataíde, condessa de Penela.
109. Na mitologia romana, o deus dos deuses, senhor do Céu e da Terra – equivalente ao Zeus grego.
110. Dama da rainha Dona Maria.

Alcoviteira:
Que esforço de namorado
e que prazer!
Havede maora aquela.

Velho:
Que remédio me dais vós?

Alcoviteira:
Vivereis, prazendo a Deus,
E casar-vos-ei com ela.

Velho:
É vento isso!

Alcoviteira:
Assi veja o paraíso,
que isso não é ora tanto extremo!
Não curedes vós de riso,
que se faz tão improviso
como o demo:
e também d'outra maneira
se m'eu quiser trabalhar.[111]

Velho:
Ide-lhe, rogo-vo-lo, falar
e fazei com que me queira,
que pereço;[112]
E dizei-lhe que lhe peço
se lembre que tal fiquei
estimado em pouco preço:
e se tanto mal mereço
não no sei. [113]
E se tenho esta vontade,
que não se deve enojar,
mas antes muito folgar,
matar os de qualquer idade.
E se reclama
que sendo tão linda dama

---
111. A Alcoviteira, diante da descrença do Velho, diz-lhe que a felicidade não é assim tão difícil ("Que isso não é ora tanto extremo") e que ele não deve tratar o assunto com brincadeiras ("Não curedes vós de riso"), pois ela se porá a trabalhar.
112. O Velho pede assim à Alcoviteira que convença a Moça a querer a ele, pois, do contrário, morrerá ("Que pereço").
113. O Velho continua a pedir a mediação da Alcoviteira, agora para lembrar à Moça que esta o desdenhou e que ele não sabe por que merece tanto mal.

por ser Velho m'aborrece,
dizei-lhe que mal desama,
porque minh'alma, que a ama,
não envelhece.[114]

Alcoviteira:
　　Sus[115]! Nome de Jesus Cristo!
　　Olhai-me pela cestinha.[116]

Velho:
　　Tornai logo, muito asinha,
　　que eu pagarei bem isto.

Vai-se a Alcoviteira e fica o Velho tangendo e cantando a cantiga seguinte:

Velho:
　　"*Pues tengo razón, señora,
　　razón es que me la oiga!*"

Vem a Alcoviteira, e diz o Velho:

Velho:
　　Venhais embora[117], minha amiga!

Alcoviteira:
　　J'ela fica de bom jeito;
　　mas para isto andar direito,
　　é razão que vo-lo diga:
　　eu já, senhor meu, não posso,
　　vencer uma Moça tal
　　sem gastardes bem do vosso.

Velho:
　　Eu lhe peitarei[118] em grosso.

---

114 . O Velho afirma que ela não se deve ofender ("Que não se deve enojar") em razão de um velho apaixonar-se por ela ("E se tenho esta vontade"), mas antes se sentir feliz ("Mas antes muito folgar") por encantar aos homens de diversas idades ("Matar os de qualquer idade"). Diz ainda que, se ela se aborrece por ele ser velho, devia lembrar-se de que faz mal quem não ama, e conclui a fala lembrando que quem ama é a sua alma, a qual não envelhece.
115 . Sus: ânimo, avante!
116 . Nesse verso a Alcoviteira pede ao Velho que, enquanto trata com a Moça, ele encha a sua cesta de hortaliças.
117 . Embora: neste caso, em boa hora.
118 . Peitarei: pagarei.

O Velho da Horta

Alcoviteira:
Hi está o feito nosso,
e não em al.
Perca-se toda a fazenda,
por salvardes vossa vida.

Velho:
Seja ela disso servida,
que escusada é mais contenda.[119]

Alcoviteira:
Deus vos ajude,
e vos dê muita saúde,
que a isso haveis de fazer:
que viola nem alaúde
nem quantos amores pude
não quer ver.
Remocou-m'ela um brial[120]
de seda e uns toucados[121].

Velho:
Eis aqui trinta cruzados,
que lho façam mui real.

Enquanto a Alcoviteira vai, o Velho torna a prosseguir o seu cantar e tanger e, acabado, torna ela e diz:

Alcoviteira:
Está tão saudosa de vós
que se perde a coitadinha:
há mister uma vasquinha[122]
e três onças de retroz.

Velho:
Tomai.

Alcoviteira:
A bênção de vosso pai,
bom namorado é o tal,
pois que gastais, descansai:
namorados de ai ai

---

119. Nessa fala, o Velho quer dizer que a Moça pode ficar com sua fazenda, pois é desnecessário que haja mais desentendimentos.
120. Remocou-me: referiu-me. Brial: vestido.
121. Toucados: toucas, adornos para a cabeça.
122. Vasquinha: saia.

Gil Vicente

são papa-sal[123].
Ui! Tal fora, se me fora!
Sabeis vós que m'esquecia?
Uma adela[124] me vendia
um firmal[125] de uma senhora
com um rubi,
para o colo, de marfi[126],
lavrado de mil lavores
por cem cruzados.

Velho:
Ei-los hi!

Alcoviteira:
Isto maora, isto si,
são amores.

Vai-se, e o Velho torna a prosseguir a sua música e, acabada, torna a Alcoviteira e diz:

Alcoviteira:
Dei, maora, uma topada;
trago as sapatas rompidas,
destas vindas, destas idas,
e enfim não ganho nada.

Velho:
Eis aqui
dez cruzados para ti.

Alcoviteira:
Começo com boa estreia!

Vem um Alcaide[127] com quatro Beleguins[128] e diz:

Alcaide:
Dona, levantai-vos d'hi.

---

123. Papa-sal é um sujeito sem valor.
124. Adela: mulher que negocia objetos usados; alcoviteira.
125. Firmal: broche.
126. Marfi: marfim.
127. Alcaide: neste caso, oficial de justiça.
128. Beleguins: oficiais encarregados de realizar as prisões. Note-se que a entrada desses representantes da lei na chácara do velho não é muito verossímil nem se explica pelo contexto da obra, mas mostra que Gil Vicente procurava contornar as limitações de um teatro sem cenários ou recursos. Assim, fez tudo acontecer num único local e sem indicar a passagem de tempo.

Alcoviteira:
E que me quereis vós assi?

Alcaide:
À cadeia!

Velho:
Senhores homens de bem,
escutem vossas senhorias.

Alcaide:
Leixai essas cortesias.

Alcoviteira:
Não hei medo de ninguém,
vistes ora?

Alcaide:
Levantai-vos d'hi, senhora;
dai ao demo esse rezar:
quem vos fez tão rezadora?

Alcoviteira:
Leixai-m'ora na má hora
aqui acabar.

Alcaide:
Vinde da parte d'el-rei!

Alcoviteira:
Muita vida seja a sua.
Não me leveis pela rua;
leixai-me vós que eu m'irei.

Beleguins:
Sus, andar.

Alcoviteira:
Onde me quereis levar
ou quem me manda prender?
Nunca havedes d'acabar
de me prender e soltar?
Não há poder.

Alcaide:
Não se pode i al fazer.

37

Gil Vicente

Alcoviteira:
>Está já a corocha[129] aviada,
>três vezes fui já açoitada
>e enfim hei de viver.[130]

Levam-na presa e fica o Velho dizendo:

Velho:
>Oh forte hora!
>Ah santa Maria Senhora!
>Já não posso livrar bem,
>cada passo se empeora[131].
>Oh triste quem se namora
>de ninguém!

Vem uma Mocinha à horta e diz:

Mocinha:
>Vedes aqui o dinheiro:
>manda-me cá minha tia,
>que assi como n'outro dia,
>lhe mandeis a couve e o cheiro.
>Está pasmado!

Velho:
>Mas estou desatinado.

Mocinha:
>Estais doente ou que haveis?

Velho:
>Ai, não sei, desconsolado,
>que nasci desventurado!

Mocinha:
>Não choreis;
>Mais malfadada vai aquela!

Velho:
>Quem?

---

129. Corocha: espécie de carapuça de papel que os condenados levavam à cabeça.
130. Apesar de a Alcoviteira representar uma série de comportamentos que o autor declaradamente reprova, aqui surpreendentemente ele coloca um certo orgulho em sua resposta, deixando claro que não importa o que lhe aconteça, ela continuará.
131. Empeora: empiora, piora.

O Velho da Horta

Mocinha:
Branca Gil.

Velho:
Como?

Mocinha:
Com cent'açoites[132] no lombo,
e uma corocha por capela,
e ter mão![133]
Leva tão bom coração[134]
como se fosse em folia.
Oh que grandes que lhos dão![135]

Velho:
E o triste do pregão
por que dizia?[136]

Mocinha:
Por mui grande alcoviteira
e para sempre degradada,
vai tão desavergonhada
como ia a feiticeira.
E quando estava
uma Moça que casava
na rua para ir casar,
e a coitada que chegava,
a folia começava
de cantar.
Uma Moça tão formosa
que vivia ali à Sé.[137]

Velho:
Oh coitado, a minha é!

Mocinha:
Agora maora é vossa,

---

132. Cent'açoites: cem açoites.
133. Ter mão: atenção, tenha cuidado.
134. Esse verso corresponde a: "Não se deixa abalar".
135. Esse verso faz referência aos grandes açoites infligidos à Alcoviteira.
136. Nessa fala, o Velho indaga o motivo da prisão da Alcoviteira, pois na época os réus eram acompanhados por pregoeiros que anunciavam em voz alta o motivo da condenação.
137. O Velho já havia referido que a Moça por quem se apaixonara residia junto à Sé. Assim, percebe que a Moça que se casou é a sua amada, o que expressa na fala seguinte.

39

vossa é a treva.
Mas ela o noivo a leva:
vai tão leda e tão contente,
uns cabelos como Eva,
ousadas que não se lhe atreve
toda a gente.
O noivo, moço tão polido,
não tirava os olhos dela,
e ela dele, oh que estrela!
É ele um par bem escolhido.[138]

Velho:
Oh roubado,
da vaidade enganado,
da vida e da fazenda,
ó velho, siso enleado,
quem te meteu, desastrado,
em tal contenda?
Se os juvenis amores
os mais têm fins desastrados,
que farão as cãs lançadas
no conto dos amadores?
Que sentias,
triste velho, em fim dos dias?
Se a ti mesmo contemplaras,
souberas que não sabias
e viras como não vias
e acertaras.
Quero-m'ir buscar a morte,
pois que tanto mal busquei.
Quatro filhas que criei,
eu as pus em pobre sorte.
Vou morrer,
elas hão de padecer
porque não lhes deixo nada,
de quanta riqueza e haver
fui sem razão despender
mal gastada.

FIM

---

138. Note-se aqui a pobreza cenotécnica da obra, que não muda de cenário e faz referência indireta a este acontecimento.

Auto da Barca do Inferno

Gil Vicente

Passageiros: Anjo (arraias do céu), Diabo (arraias do inferno), Companheiro (do Diabo), Fidalgo, Onzeneiro, Joane (parvo), Sapateiro (João Antão), Frade, Florença (uma moça), Alcoviteira (Brísida Vaz), Judeu, Corregedor, Procurador, Quatro Cavaleiros.

Auto de moralidade composto por Gil Vicente por contemplação[1] da sereníssima e muito católica rainha Lianor, nossa senhora, e representado por seu mandado ao poderoso príncipe e mui alto rei Manuel, primeiro de Portugal deste nome.

Começa a declaração e argumento da obra. Primeiramente, no presente auto, se fegura que, no ponto que acabamos de espirar, chegamos supitamente a um rio, o qual per força havemos de passar em um de dous batéis[2] que naquele porto estão, *scilicet*[3], um deles passa pera o paraíso e o outro pera o inferno: os quais batéis tem cada um seu arrais na proa: o do paraíso um anjo, e o do inferno um arrais infernal e um companheiro.

O primeiro interlocutor é um Fidalgo que chega com um Paje, que lhe leva um rabo[4] mui comprido e ua cadeira de espaldas[5]. E começa o Arrais do Inferno ante que o Fidalgo venha.

DIABO
  À barca, à barca, houlá!
  que temos gentil maré!
  — Ora venha o carro a ré![6]

COMPANHEIRO
  Feito, feito!
  Bem está!
  Vai tu muitieramá,[7]
  e atesa aquele palanco[8]

---

1. Em atenção a.
2. Barcos.
3. Isto é.
4. Cauda longa de uma capa.
5. Era hábito entre os nobres da época saírem à rua acompanhados de um servo que levava uma cadeira, inclusive à igreja, para que o distinto pudesse sentar.
6. Puxe a vela para cá.
7. Em muito má hora.
8. Estica aquela corda.

e despeja aquele banco,
pera a gente que virá.
À barca, à barca, hu-u!
Asinha[9], que se quer ir!
Oh, que tempo de partir,
louvores a Berzebu!
— Ora, sus! que fazes tu?
Despeja todo esse leito![10]
COMPANHEIRO
Em boa hora! Feito, feito!
DIABO
Abaixa aramá[11] esse cu!
Faze aquela poja lesta[12]
e alija aquela driça.[13]
COMPANHEIRO
Oh-oh, caça! Oh-oh, iça, iça!
DIABO
Oh, que caravela esta!
Põe bandeiras, que é festa.
Verga alta! Âncora a pique!
— Ó poderoso dom Anrique,
cá vindes vós?... Que cousa é esta?...

Vem o Fidalgo e, chegando ao batel infernal, diz:

FIDALGO
Esta barca onde vai ora,
que assi está apercebida?[14]
DIABO
Vai pera a ilha perdida,
e há-de partir logo ess'ora.
FIDALGO
Pera lá vai a senhora?
DIABO
Senhor, a vosso serviço.
FIDALGO
Parece-me isso cortiço...

---
9. Depressa.
10. Abra todo esse espaço.
11. Logo.
12. Deixa aquele cabo preparado.
13. Ajeita a corda de içar (a vela).
14. Tão bem preparada?

Gil Vicente

DIABO
    Porque a vedes lá de fora.

FIDALGO
    Porém, a que terra passais?

DIABO
    Pera o inferno, senhor.

FIDALGO
    Terra é bem sem-sabor.[15]

DIABO
    Quê?... E também cá zombais?

FIDALGO
    E passageiros achais
    pera tal habitação[16]?

DIABO
    Vejo-vos eu em feição
    pera ir ao nosso cais...

FIDALGO
    Parece-te a ti assi!...

DIABO
    Em que esperas ter guarida?

FIDALGO
    Que leixo[17] na outra vida
    quem reze sempre por mi.

DIABO
    Quem reze sempre por ti?!...
    Hi, hi, hi, hi, hi, hi, hi!...
    E tu viveste a teu prazer,
    cuidando cá guarecer[18]
    por que rezam lá por ti?!...
    Embarca – ou embarcai...
    que haveis de ir à derradeira!
    Mandai meter a cadeira,
    que assi passou vosso pai.

FIDALGO
    Quê? Quê? Quê? Assi lhe vai?![19]

---

15. Destino muito sem graça.
16. Embarcação.
17. Deixo.
18. Ter perdão.
19. Então é assim?

DIABO
> Vai ou vem! Embarcai prestes!
> Segundo lá escolhestes,
> assi cá vos contentai.[20]
> Pois que já a morte passastes,
> haveis de passar o rio.

FIDALGO
> Não há aqui outro navio?

DIABO
> Não, senhor, que este fretastes,
> e primeiro[21] que expirastes
> me destes logo sinal.

FIDALGO
> Que sinal foi esse tal?

DIABO
> Do que vós vos contentastes.[22]

FIDALGO
> A estoutra[23] barca me vou.
> Hou da barca! Para onde is?
> Ah, barqueiros! Não me ouvis?
> Respondei-me! Houlá! Hou!...
> (Pardeus[24], aviado estou!
> Cant'a[25] isto é já pior...)
> Oue jericocins, salvanor![26]
> Cuidam cá que são eu grou?

ANJO
> Que quereis?

FIDALGO
> Que me digais,
> pois parti tão sem aviso,
> se a barca do Paraíso
> é esta em que navegais.

ANJO
> Esta é; que demandais?

---
20. Agora aqui recebereis.
21. Logo.
22. A boa vida que levastes.
23. Esta outra.
24. Por Deus, mal arranjado estou!
25. Mas.
26. Que bestas, com o perdão da palavra!

FIDALGO
   Que me leixeis embarcar.
   Sou fidalgo de solar,
   é bem que me recolhais.

ANJO
   Não se embarca tirania
   neste batel divinal.

FIDALGO
   Não sei porque haveis por mal
   que entre a minha senhoria...

ANJO
   Pera vossa fantesia[27]
   mui estreita é esta barca.

FIDALGO
   Pera senhor de tal marca
   nom há aqui mais cortesia?
   Venha a prancha e atavio!
   Levai-me desta ribeira!

ANJO
   Não vindes vós de maneira
   pera entrar neste navio.
   Essoutro vai mais vazio:
   a cadeira entrará
   e o rabo caberá
   e todo vosso senhorio.

   Ireis lá mais espaçoso,
   vós e vossa senhoria,
   cuidando na tirania
   do pobre povo queixoso.
   E porque, de generoso,
   desprezastes os pequenos,
   achar-vos-eis tanto menos
   quanto mais fostes fumoso[28].

DIABO
   À barca, à barca, senhores!
   Oh! que maré tão de prata[29]!

---

27. Fantasia.
28. Pretensioso.
29. Boa.

Um ventozinho que mata[30]
e valentes remadores!

Diz, cantando:

*Vós me veniredes a la mano,
a la mano me veniredes.*[31]

FIDALGO
Ao Inferno, todavia!
Inferno há i pera mi?[32]
Oh triste! Enquanto vivi
não cuidei que o i havia:
Tive que era fantesia!
Folgava ser adorado,
confiei em meu estado[33]
e não vi que me perdia.
Venha essa prancha! Veremos
esta barca de tristura[34].

DIABO
Embarque vossa doçura,
que cá nos entenderemos...
Tomarês um par de remos,
veremos como remais,
e, chegando ao nosso cais,
todos bem vos serviremos.

FIDALGO
Esperar-me-ês vós aqui,
tornarei à outra vida
ver minha dama querida
que se quer matar por mi.

DIABO
Que se quer matar por ti?!...

FIDALGO
Isto bem certo o sei eu.

DIABO
Ó namorado sandeu[35],
o maior que nunca vi!...

---
30. Agradável.
31. Vós me vireis à mão (caireis na minha mão).
32. É o que há para mim?
33. Posição social
34. Tristeza.
35. Insano.

Gil Vicente

FIDALGO
    Como pod'rá isso ser,
    que m'escrevia mil dias?

DIABO
    Quantas mentiras que lias,
    e tu... morto de prazer!...

FIDALGO
    Pera que é escarnecer,
    quem nom havia mais no bem?[36]

DIABO
    Assi vivas tu, amém,
    como te tinha querer![37]

FIDALGO
    Isto quanto ao que eu conheço...

DIABO
    Pois estando tu expirando,
    se estava ela requebrando
    com outro de menos preço[38].

FIDALGO
    Dá-me licença, te peço,
    que vá ver minha mulher.

DIABO
    E ela, por[39] não te ver,
    despenhar-se-á dum cabeço![40]
    Quanto ela hoje rezou,
    antre[41] seus gritos e gritas,
    foi dar graças infinitas
    a quem a desassombrou.[42]

FIDALGO
    Cant'a ela, bem chorou!

DIABO
    Nom há i choro de alegria?..

FIDALGO
    E as lástimas que dezia?

---
36. Por que zombar se era tão grande o meu amor?
37. Que vivas tanto quanto ela te amava!
38. De situação inferior.
39. Para.
40. Vai se jogar de uma montanha.
41. Entre.
42. Livrou de um grande mal.

DIABO
Sua mãe lhas ensinou...
Entrai, meu senhor, entrai:
Ei la prancha! Ponde o pé...

FIDALGO
Entremos, pois que assi é.

DIABO
Ora, senhor, descansai,
passeai e suspirai.
Em tanto virá mais gente.

FIDALGO
Ó barca, como és ardente!
Maldito quem em ti vai!

Diz o Diabo ao Moço da cadeira:

DIABO
Nom entras cá! Vai-te d'i!
A cadeira é cá sobeja[43];
cousa que esteve na igreja
nom se há-de embarcar aqui.
Cá lha darão de marfi[44],
marchetada de dolores[45],
com tais modos de lavores,
que estará fora de si...[46]

À barca, à barca, boa gente,
que queremos dar à vela!
Chegar ela! Chegar ela!
Muitos e de boa mente[47]!
Oh! que barca tão valente!

Vem um Onzeneiro[48], e pergunta ao Arrais do Inferno, dizendo:

ONZENEIRO
Pera onde caminhais?

---

43. Demais.
44. Marfim.
45. Dores.
46. Note-se que o Diabo é o personagem mais atuante nesse auto, funcionando como um juiz que expõe os podres e as ilusões dos que querem evitar o inferno. É também irônico e animado, prometendo ao nobre que foi arrogante uma cadeira bem trabalhada que o fará perder os sentidos de tantas dores.
47. Boa vontade.
48. Onzeneiro é um agiota, que empresta dinheiro a juros abusivos. No Portugal da expansão marítima, assim como em toda a Europa depois do Renascimento, essa figura tornou-se mais e mais comum por ser preciso alguém que emprestasse capital para os empreendimentos comerciais nos novos centros que cresciam. É o precursor dos bancos modernos.

Gil Vicente

DIABO
    Oh! que má-hora venhais,
    onzeneiro, meu parente!
    Como tardastes vós tanto?

ONZENEIRO
    Mais quisera eu lá tardar...
    Na safra do apanhar[49]
    me deu Saturno quebranto[50].

DIABO
    Ora mui muito m'espanto
    nom vos livrar o dinheiro!...[51]

ONZENEIRO
    Solamente[52] para o barqueiro
    nom me leixaram nem tanto...

DIABO
    Ora entrai, entrai aqui!

ONZENEIRO
    Não hei eu i d'embarcar!

DIABO
    Oh! que gentil recear,
    e que cousas pera mi!...[53]

ONZENEIRO
    Ainda agora faleci,
    leixa-me buscar batel!

DIABO
    Pesar de Jam Pimentel[54]!
    Porque não irás aqui?...

ONZENEIRO
    E pera onde é a viagem?

DIABO
    Pera onde tu hás-de ir.

ONZENEIRO
    Havemos logo de partir?

---

49. No trabalho de recolher lucros.
50. Saturno (o planeta da morte) me fez ficar doente.
51. O dinheiro não o salvou.
52. Nem.
53. Que estranho para mim!
54. São Pimentel é uma referência irônica a alguém muito conhecido do povo.

DIABO
　　Não cures de mais linguagem[55].

ONZENEIRO
　　Mas pera onde é a passagem?

DIABO
　　Pera a infernal comarca.

ONZENEIRO
　　Dix[56]! Nom vou eu tal barca.
　　Estoutra tem avantagem.

Vai-se à barca do Anjo, e diz:

　　Hou da barca! Houlá! Hou!
　　Haveis logo de partir?

ANJO
　　E onde queres tu ir?

ONZENEIRO
　　Eu pera o Paraíso vou.

ANJO
　　Pois cant'eu mui fora estou[57]
　　de te levar para lá.
　　Essoutra te levará;
　　vai pera quem te enganou!

ONZENEIRO
　　Porquê?

ANJO
　　Porque esse bolsão[58]
　　tomará todo o navio.

ONZENEIRO
　　Juro a Deus que vai vazio!

ANJO
　　Não já no teu coração.

ONZENEIRO
　　Lá me fica, de rondão,
　　minha fazenda e alhea[59].

---
55. Chega de conversa.
56. Que horror!
57. Quanto a mim, estou muito longe.
58. Bolsa grande.
59. Deixo para trás de uma vez os meus bens e os alheios.

ANJO
> Ó onzena[60], como és fea[61]
> e filha de maldição!

Torna o Onzeneiro à barca do Inferno e diz:

ONZENEIRO
> Houlá! Hou! Demo barqueiro!
> Sabês vós no que me fundo[62]?
> Quero lá tornar ao mundo
> e trazer o meu dinheiro.
> que aqueloutro marinheiro,
> porque me vê vir sem nada,
> dá-me tanta borregada
> como arrais lá do Barreiro[63].

DIABO
> Entra, entra, e remarás!
> Nom percamos mais maré!

ONZENEIRO
> Todavia...

DIABO
> Per força é!
> Que te pês[64], cá entrarás!
> Irás servir Satanás,
> pois que sempre te ajudou.

ONZENEIRO
> Oh! Triste, quem me cegou?

DIABO
> Cal'te[65], que cá chorarás.

Entrando o Onzeneiro no batel, onde achou o Fidalgo embarcado, diz tirando o barrete[66]:

ONZENEIRO
> Santa Joana de Valdês[67]!
> Cá é vossa senhoria?

---
60. Usura.
61. Feia.
62. Baseio.
63. Me ofende tanto quanto o barqueiro do rio Barreiro.
64. Ainda que te custe.
65. Cala-te.
66. Gorro.
67. Joana de Valdês foi uma conhecida cafetina.

FIDALGO
   Dá ò demo a cortesia!

DIABO
   Ouvis? Falai vós cortês[68]!
   Vós, fidalgo, cuidareis[69]
   que estais na vossa pousada?
   Dar-vos-ei tanta pancada
   com um remo que[70] renegueis!

Vem Joane, o Parvo[71], e diz ao Arrais do Inferno:

PARVO
   Hou daquesta![72]

DIABO
   Quem é?

PARVO
   Eu soo.
   É esta a naviarra[73] nossa?

DIABO
   De quem?

PARVO
   Dos tolos.

DIABO
   Vossa.
   Entra!

PARVO
   De pulo ou de voo?
   Hou! Pesar de meu avô![74]
   Soma[75], vim adoecer
   e fui má-hora morrer,
   e nela, pera mi só[76].

DIABO
   De que morreste?

---

68 . De modo educado!
69 . Por acaso pensais.
70 . Até que.
71 . O tolo é uma figura muito comum nos autos medievais, usada para dizer coisas absurdas, engraçadas, de um ponto de vista inesperado.
72 . Desta (barca).
73 . Barca.
74 . Com mil diabos!
75 . Em resumo.
76 . Um mau momento só para mim.

Gil Vicente

PARVO
    De quê?
    Samicas[77] de caganeira.

DIABO
    De quê?

PARVO
    De caga merdeira!
    Má rabugem[78] que te dê!

DIABO
    Entra! Põe aqui o pé!

PARVO
    Houlá! Nom tombe o zambuco[79]!

DIABO
    Entra, tolaço eunuco,
    que se nos vai a maré!

PARVO
    Aguardai, aguardai, houlá!
    E onde havemos nós d'ir ter?

DIABO
    Ao porto de Lucifer.

PARVO
    Ha-á-a...

DIABO
    Ó Inferno! Entra cá!

PARVO
    Ò Inferno?... Eramá[80]...
    Hiu! Hiu! Barca do cornudo.
    Pêro Vinagre, beiçudo,
    rachador d'Alverca[81], huhá!
    Sapateiro da Candosa[82]!
    Antrecosto[83] de carrapato!
    Hiu! Hiu! Caga no sapato,
    filho da grande aleivosa[84]!

---

77. Talvez.
78. Sarna.
79. Barco.
80. Que hora má.
81. Aldeia do Ribatejo.
82. Distrito de Coimbra.
83. Cara.
84. Falsa.

Tua mulher é tinhosa
e há-de parir um sapo
chantado[85] no guardanapo!
Neto de cagarrinhosa[86]!
Furta cebolas! Hiu! Hiu!
Excomungado nas erguejas[87]!
Burrela[88], cornudo sejas!
Toma o pão que te caiu!
A mulher que te fugiu
per'a Ilha da Madeira![89]
Cornudo atá mangueira,
toma o pão que te caiu!

  Hiu! Hiu! Lanço-te ua pulha[90]!
  Dê-dê! Pica nàquela!
  Hump! Hump! Caga na vela!
  Hio, cabeça de grulha[91]!
  Perna de cigarra velha,
  caganita de coelha,
  pelourinho da Pampulha[92]!
  Mija n'agulha, mija n'agulha!

  Chega o Parvo ao batel do Anjo e dlz:

PARVO
  Hou da barca!
ANJO
  Que me queres?
PARVO
  Queres-me passar além?
ANJO
  Quem és tu?

---
85. Colocado.
86. "cagona", medrosa.
87. Igrejas.
88. Pessoa vaiada.
89. Note-se a facilidade com que o autor muda de tom, desfiando uma longa série de impropérios vulgares, em perfeita rima e rigorosamente dentro das redondilhas, fazendo ainda graça com variadas regiões de Portugal. A capacidade de reproduzir diferentes falas em variados registros, do pomposo fidalgo ao tolo que mal sabe o que diz, é uma das que denotam a genialidade de Gil Vicente e caracterizam sua obra.
90. Injúria.
91. Tagarela.
92. Bairro de Lisboa.

Gil Vicente

PARVO
>Samica alguém.

ANJO
>Tu passarás, se quiseres;
>porque em todos teus fazeres
>per malícia nom erraste.
>Tua simpreza t'abaste[93]
>pera gozar dos prazeres.
>Espera entanto per i[94]:
>veremos se vem alguém,
>merecedor de tal bem,
>que deva de entrar aqui.

Vem um Sapateiro com seu avental e carregado de formas, e chega ao batel infernal, e diz:

SAPATEIRO
>Hou da barca!

DIABO
>Quem vem i?
>Santo sapateiro honrado,
>como vens tão carregado?...

SAPATEIRO
>Mandaram-me vir assi...
>
>E pera onde é a viagem?

DIABO
>Pera o lago dos danados.

SAPATEIRO
>Os que morrem confessados
>onde têm sua passagem?

DIABO
>Nom cures de mais linguagem!
>Esta é a tua barca, esta!

SAPATEIRO
>Renegaria[95] eu da festa
>e da puta da barcagem[96]!

---
93. Tua simplicidade te basta.
94. Aí.
95. Falaria mal
96. carga do barco.

Como poderá isso ser,
confessado e comungado?!...

DIABO
Tu morreste excomungado:
Nom o quiseste dizer.
Esperavas de viver,
calaste dous mil enganos...
Tu roubaste bem trint'anos
o povo com teu mester[97].
Embarca, eramá pera ti,
que há já muito que t'espero!

SAPATEIRO
Pois digo-te que nom quero!

DIABO
Que te pês, hás-de ir, si, si!

SAPATEIRO
Quantas missas eu ouvi,
nom me hão elas de prestar?

DIABO
Ouvir missa, então roubar,
é caminho per'aqui.

SAPATEIRO
E as ofertas[98] que darão?
E as horas dos finados[99]?

DIABO
E os dinheiros mal levados,
que foi da satisfação?[100]

SAPATEIRO
Ah! Nom praza[101] ò cordovão[102],
nem à puta da badana[103],
se é esta boa traquitana
em que se vê Jan Antão!

---

97. Ofício.
98. Dinheiro dado na igreja.
99. Missas para os mortos.
100. E o que deste aos que roubaste?
101. Agradas.
102. Couro de cabra.
103. Pele de ovelha.

Ora juro a Deus que é graça[104]!

Vai-se à barca do Anjo, e diz:

Hou da santa caravela,
poderês levar-me nela?

ANJO
A cárrega t'embaraça.[105]

SAPATEIRO
Nom há mercê[106] que me Deus faça?
Isto uxiquer[107] irá.

ANJO
Essa barca que lá está
Leva quem rouba de praça[108].
Oh! almas embaraçadas!

SAPATEIRO
Ora eu me maravilho
haverdes por grão peguilho[109]
quatro forminhas cagadas
que podem bem ir i chantadas[110]
num cantinho desse leito[111]!

ANJO
Se tu viveras dereito,
Elas foram cá escusadas.

SAPATEIRO
Assi que determinais
que vá cozer[112] ò Inferno?

ANJO
Escrito estás no caderno
das ementas[113] infernais.

---

104. Brincadeira. Jan (ou João) Antão está dizendo que deve ser brincadeira ele precisar embarcar com o diabo. Note-se aqui a crítica ferina que o autor dirige aos mestres de ofício que, nas cidades em franco crescimento do início do século 16 e com o aquecimento do comércio além-mar, encontraram possibilidades de ganhar muito mais com seu trabalho do que seus antecessores durante a Idade Média, e também tiveram mais oportunidades de praticar desonestidades.
105. Sua carga o impede.
106. Favor.
107. Em todo lugar.
108. Abertamente.
109. Grande empecilho.
110. Colocadas.
111. Espaço entre a proa e o mastro.
112. Cozinhar.
113. Listas.

Torna-se à barca dos danados, e diz:

SAPATEIRO
Hou barqueiros! Que aguardais?
Vamos, venha a prancha logo
e levai-me àquele fogo!
Não nos detenhamos mais!

Vem um Frade com ua Moça pela mão, e um broquel[114] e ua espada na outra, e um casco[115] debaixo do capelo[116]; e, ele mesmo fazendo a baixa[117], começou de dançar, dizendo:

FRADE
Tai-rai-rai-ra-rã; ta-ri-ri-rã;
ta-rai-rai-rai-rã; tai-ri-ri-rã:
tã-tã; ta-ri-rim-rim-rã. Huhá!

DIABO
Que é isso, padre?! Que vai lá?

FRADE
Deo gratias! Som cortesão.[118]

DIABO
Sabês também o tordião[119]?

FRADE
Porque não? Como ora sei!

DIABO
Pois entrai! Eu tangerei[120]
e faremos um serão.
Essa dama é ela vossa?

FRADE
Por minha la tenho eu,
e sempre a tive de meu,

DIABO
Fezestes bem, que é fermosa!
E não vos punham lá grosa[121]
no vosso convento santo?

---
114. Pequeno escudo redondo com uma broca no centro.
115. Capacete.
116. Capuz.
117. Cantarolando a música de uma "dança baixa", uma dança de salão.
118. Graças e Deus, sou da corte.
119. Dança de salão.
120. Tocarei.
121. Censura.

59

Gil Vicente

FRADE
E eles fazem outro tanto!

DIABO
Que cousa tão preciosa...
Entrai, padre reverendo!

FRADE
Para onde levais gente?

DIABO
Pera aquele fogo ardente
que nom temestes vivendo.

FRADE
Juro a Deus que nom t'entendo!
E este hábito no me val?[122]

DIABO
Gentil padre mundanal,
a Berzebu vos encomendo!

FRADE
Corpo de Deus consagrado!
Pela fé de Jesu Cristo,
que eu nom posso entender isto!
Eu hei-de ser condenado?!...
Um padre tão namorado
e tanto dado à virtude?
Assi Deus me dê saúde,
que eu estou maravilhado!

DIABO
Não curês de mais detença[123].
Embarcai e partiremos:
tomareis um par de remos.

FRADE
Nom ficou isso n'avença[124].

DIABO
Pois dada está já a sentença!

FRADE
Pardeus! Essa seria ela![125]

---
122. Essa batina não me vale para nada?
123. Não espereis mais.
124. No acordo.
125. Só faltava essa!

Não vai em tal caravela
minha senhora Florença.
Como? Por ser namorado
e folgar com ua mulher
se há um frade de perder,
com tanto salmo rezado?!...

DIABO
Ora estás bem aviado![126]

FRADE
Mais estás bem corregido!

DIABO
Devoto padre marido,
haveis de ser cá pingado[127]...

Descobriu o Frade a cabeça, tirando o capelo; e apareceu o casco, e diz o Frade:

FRADE
Mantenha Deus esta c'oroa![128]

DIABO
ó padre Frei Capacete!
Cuidei que tínheis barrete...

FRADE
Sabê que fui da pessoa![129]
Esta espada é roloa
e este broquel, rolão.[130]

DIABO
Dê Vossa Reverença lição
d'esgrima, que é cousa boa!

Começou o frade a dar lição d'esgrima com a espada e broquel, que eram d'esgrimir, e diz desta maneira:

FRADE
Deo gratias! Demos caçada![131]
Pera sempre contra sus!

---
126. Arranjado.
127. Queimado com gotas de azeite.
128. O frade refere-se à tonsura, aquele corte de cabelo típico dos religiosos em que o topo da cabeça fica calvo. Ele pede a Deus que o salve por conta daquele símbolo.
129. Sabei que fui respeitado pela minha coragem!
130. Roloa e rolão são referência ao poema épico medieval *Chanson de Roland* (canções de Rolando), extremamente populares, nas quais o cavaleiro exibia uma espada inquebrável.
131. Vamos lutar.

Gil Vicente

Um fendente! Ora sus![132]
Esta é a primeira levada.
Alto! Levantai a espada!
Talho largo, e um revés!
E logo colher[133] os pés,
que todo o al[134] no é nada![135]

Quando o recolher se tarda
o ferir nom é prudente.
Ora, sus! Mui largamente,
cortai na segunda guarda!
— Guarde-me Deus d'espingarda
mais de homem denodado[136].
Aqui estou tão bem guardado
como a palhá n'albarda[137].

Saio com meia espada...
Hou lá! Guardai as queixadas[138]!

DIABO
Oh que valentes levadas!

FRADE
Ainda isto nom é nada...
Demos outra vez caçada!
Contra sus e um fendente,
e, cortando largamente,
eis aqui sexta feitada[139].

Daqui saio com ua guia
e um revés da primeira:
esta é a quinta verdadeira.
— Oh! quantos daqui feria!...
Padre que tal aprendia
no Inferno há-de haver pingos[140]?!...
Ah! Nom praza a São Domingos
com tanta descortesia!

---

132. Para cima!
133. Recolher.
134. Resto.
135. O frade dá uma aula de esgrima nesses versos, explicando os golpes mais comuns: contra sus – de baixo para cima; fendente – de cima para baixo; levada – movimento de ida e volta; talho – da direita para a esquerda; revés – da esquerda para a direita; guarda – posição protegida; guias e feitadas – golpes de ataque.
136. Corajoso.
137. Como a palha no celeiro.
138. O queixo.
139. A sexta posição de ataque.
140. Ser queimado.

Auto da Barca do Inferno

Tornou a tomar a Moça pela mão, dizendo:

FRADE
Vamos à barca da Glória!

Começou o Frade a fazer o tordião e foram dançando até o batel do Anjo desta maneira:

FRADE
Ta-ra-ra-rai-rã; ta-ri-ri-ri-rã;
rai-rai-rã; ta-ri-ri-rã; ta-ri-ri-rã.
Huhá!
Deo gratias! Há lugar cá
pera minha reverença?
E a senhora Florença
polo meu[141] entrará lá!

PARVO
Andar, muitieramá!
Furtaste esse trinchão[142], frade?

FRADE
Senhora, dá-me à vontade[143]
que este feito mal está[144].
Vamos onde havemos d'ir!
Não praza a Deus coa a ribeira![145]
Eu não vejo aqui maneira
senão, enfim, concrudir.[146]

DIABO
Haveis, padre, de viir.

FRADE
Agasalhai-me lá Florença,
e compra-se[147] esta sentença:
ordenemos de partir.

Tanto que o Frade foi embarcado, veio ua Alcoviteira[148], per nome Brízida Vaz, a qual chegando à barca infernal, diz desta maneira:

---
141. Por minha causa.
142. Espada.
143. Tenho a impressão.
144. Que a situação não está boa.
145. Deus não quer esta ribeira
146. concluir.
147. Cumpra-se.
148. Cafetina, prostituta.

63

Gil Vicente

BRÍZIDA
Hou lá da barca, hou lá!

DIABO
Quem chama?

BRÍZIDA
Brízida Vaz.

DIABO
E aguarda-me, rapaz?
Como nom vem ela já?

COMPANHEIRO
Diz que nom há-de vir cá
sem Joana de Valdês.

DIABO
Entrai vós, e remarês.

BRÍZIDA
Nom quero eu entrar lá.

DIABO
Que sabroso arrecear!

BRÍZIDA
No é essa barca que eu cato[149].

DIABO
E trazês vós muito fato[150]?

BRÍZIDA
O que me convém levar.
Día. Que é o que havês d'embarcar?

BRÍZIDA
Seiscentos virgos[151] postiços
e três arcas de feitiços
que nom podem mais levar.[152]

Três almários[153] de mentir,
e cinco cofres de enlheos[154],
e alguns furtos alheos,

---
149. Procuro.
150. Muitas roupas.
151. Himens. Presume-se aqui que a cafetina tenha intermediado para que seiscentas moças perdessem a virgindade.
152. Porque não dá para levar mais.
153. Armários.
154. Histórias enroladas.

assi em joias de vestir,
guarda-roupa d'encobrir[155],
enfim – casa movediça;
um estrado de cortiça
com dous coxins[156] d'encobrir.
A mor cárrega[157] que é:
essas moças que vendia.
Daquestra mercadoria
trago eu muita, à bofé[158]!

DIABO
Ora ponde aqui o pé...

BRÍZIDA
Hui! E eu vou pera o Paraíso!

DIABO
E quem te dixe a ti isso?

BRÍZIDA
Lá hei-de ir desta maré[159].
Eu sô ua mártela[160] tal!...
Açoutes[161] tenho levados
e tormentos suportados
que ninguém me foi igual.
Se fosse ò fogo infernal,
lá iria todo o mundo!
A estoutra barca, cá fundo,
me vou, que é mais real.

Chegando à Barca da Glória diz ao Anjo:

Barqueiro mano, meus olhos,[162]
prancha a Brísida Vaz.

ANJO:
Eu não sei quem te cá traz...

BRÍZIDA
Peço-vo-lo de giolhos[163]!

---
155. Disfarçar.
156. Almofadas.
157. Maior carga.
158. De verdade (em boa fé).
159. Vez.
160. Mártir.
161. Chicotadas, o castigo dado às prostitutas.
162. Meu bem.
163. Joelhos.

Gil Vicente

Cuidais que trago piolhos,
anjo de Deos, minha rosa?
Eu sô aquela preciosa
que dava as moças a molhos,[164]

a que criava as meninas
pera os cónegos[165] da Sé...
Passai-me, por vossa fé,
meu amor, minhas boninas[166],
olho de perlinhas[167] finas!
E eu som apostolada,
angelada e martelada,[168]
e fiz cousas mui divinas.

Santa Úrsula[169] nom converteu
tantas cachopas[170] como eu:
todas salvas polo meu
que nenhua se perdeu.
E prouve[171] Àquele do Céu
que todas acharam dono.
Cuidais que dormia eu sono?[172]
Nem ponto se me perdeu![173]

ANJO
Ora vai lá embarcar,
não estês importunando.

BRÍZIDA
Pois estou-vos eu contando
o porque me haveis de levar.

ANJO
Não cures de importunar,
que não podes vir aqui.

BRÍZIDA
E que má-hora eu servi,
pois não me há-de aproveitar[174]!...

---

164. Em abundância.
165. Padres.
166. Flores.
167. Perolazinhas.
168. Sou como os apóstolos, os anjos e os mártires (palavras inventadas pelo irônico autor nesse trecho).
169. Santa das virgens.
170. Moças.
171. Agradou.
172. Dormia "no ponto"?
173. Não deixei passar nada.
174. Servir para nada.

Torna-se Brízida Vaz à Barca do Inferno, dizendo:

BRÍZIDA
    Hou barqueiros da má-hora,
    que é da prancha, que eis me vou?
    E já há muito que aqui estou,
    e pareço mal cá de fora.

DIABO
    Ora entrai, minha senhora,
    e sereis bem recebida;
    se vivestes santa vida,
    vós o sentirês agora...

Tanto que Brízida Vaz se embarcou, veo um Judeu, com um bode às costas[175]; e, chegando ao batel dos danados, diz:

JUDEU
    Que vai cá? Hou marinheiro!

DIABO
    Oh! que má-hora vieste!...

JUDEU
    Cuj'é[176] esta barca que preste?

DIABO
    Esta barca é do barqueiro.

JUDEU
    Passai-me por meu dinheiro.

DIABO
    E o bode há cá de vir?

JUDEU
    Pois também o bode há-de vir.

DIABO
    Que escusado[177] passageiro!

JUDEU
    Sem bode, como irei lá?

DIABO
    Nem eu nom passo cabrões[178].

---

175. O bode era usado em sacrifícios nos antigos rituais da religião judaica.
176. De quem é.
177. Inútil.
178. Cabras.

Gil Vicente

JUDEU
Eis aqui quatro tostões
e mais se vos pagará.
Por vida do Semifará[179]
que me passeis o cabrão!
Querês mais outro tostão?

DIABO
Nem tu nom hás-de vir cá.

JUDEU
Porque nom irá o judeu
onde vai Brísida Vaz?
Ao senhor meirinho apraz?
Senhor meirinho, irei eu?[180]

DIABO
E o fidalgo, quem lhe deu...

JUDEU
O mando, dizês, do batel?
Corregedor, coronel,
castigai este sandeu[181]!

Azará[182], pedra miúda,
lodo, chanto[183], fogo, lenha,
caganeira que te venha!
Má corrença[184] que te acuda!
Par el Deu, que te sacuda
coa beca[185] nos focinhos!
Fazes burla dos meirinhos?
Dize, filho da cornuda!

PARVO
Furtaste a chiba[186] cabrão?
Parecês-me vós a mim
gafanhoto d'Almeirim[187]

---

179. Talvez Sema Fará, o nome de algum judeu importante.
180. O judeu se dirige aqui ao fidalgo chamando-o de meirinho, ou seja, funcionário da Justiça, porque está acostumado a ver os nobres decidindo as coisas. É por essa razão que também recorre a ele com títulos de respeito como corregedor e coronel.
181. Maluco.
182. Que desgraça.
183. Choro.
184. Diarreia.
185. Toga de juiz.
186. Cabra.
187. Vila de Portugal.

chacinado em um seirão.[188]

DIABO
   Judeu, lá te passarão,
   porque vão mais despejados[189].

PARVO
   E ele mijou nos finados
   n'ergueja[190] de São Gião!
   E comia a carne da panela
   no dia de Nosso Senhor!
   E aperta[191] o salvador,
   e mija na caravela!

DIABO
   Sus, sus! Demos à vela!
   Vós, Judeu, irês à toa[192],
   que sois mui ruim[193] pessoa.
   Levai o cabrão na trela!

Vem um Corregedor[194], carregado de feitos[195], e, chegando à barca do Inferno, com sua vara[196] na mão, diz:

CORREGEDOR
   Hou da barca!

DIABO
   Que quereis?

CORREGEDOR
   Está aqui o senhor juiz?

DIABO
   Oh amador de perdiz.
   gentil cárrega[197] trazeis!

---
188. Cesto grande. O insulto é incompreensível hoje.
189. Vazios.
190. Na igreja.
191. Insulta.
192. A reboque.
193. Cabe observar que o antissemitismo expresso nessa passagem reflete o espírito da época: durante o reinado de Dom Manuel, de 1495 a 1521, os judeus foram perseguidos e expulsos de Portugal ou obrigados a se converter ao cristianismo, sendo então chamados de "cristãos novos".
194. Juiz.
195. Processos.
196. Símbolo de sua posição.
197. Carga.

Gil Vicente

CORREGEDOR
No meu ar conhecereis
que nom é ela do meu jeito.[198]

DIABO
Como vai lá o direito?

CORREGEDOR
Nestes feitos o vereis.

DIABO
Ora, pois, entrai. Veremos
que diz i nesse papel...

CORREGEDOR
E onde vai o batel?

DIABO
No Inferno vos poeremos[199].

CORREGEDOR
Como? À terra dos demos
há-de ir um corregedor?

DIABO
Santo descorregedor,
embarcai, e remaremos!

Ora, entrai, pois que viestes!

CORREGEDOR
Non est de regulae juris,[200] não!

DIABO
Ita, Ita![201] Dai cá a mão!
Remaremos um remo destes.
Fazei conta que nacestes
pera nosso companheiro.
— Que fazes tu, barzoneiro?[202]
Faze-lhe essa prancha prestes![203]

---
198. Que não é do meu agrado carregar processos.
199. Poremos.
200. Não é de direito. O personagem aqui fala latim, empregando uma fórmula usada nos tribunais. Gil Vicente em sua obra com frequência coloca expressões em latim na boca dos padres e juristas, porque na época eles aprendiam essa língua. Contudo, demonstra ironia ao fazê-los cometer erros, deixando claro que têm mais empáfia que real conhecimento.
201. Sim, sim.
202. Vagabundo.
203. Apronte a prancha (dirigindo-se ao companheiro)

CORREGEDOR
Oh! Renego da[204] viagem
e de quem me há-de levar!
Há 'qui meirinho do mar?

DIABO
Não há tal costumagem[205].

CORREGEDOR
Nom entendo esta barcagem,
nem *hoc nom potest esse*.[206]

DIABO
Se ora vos parecesse
que nom sei mais que linguagem[207]...

Entrai, entrai, corregedor!

CORREGEDOR
Hou! *Videtis qui petatis* [208]
Super jure magestatis
tem vosso mando vigor?[209]

DIABO
Quando éreis ouvidor
nonne accepistis rapina?[210]
Pois ireis pela bolina[211]
onde nossa mercê[212] for...

Oh! que isca esse papel[213]
pera um fogo que eu sei![214]

CORREGEDOR
Domine, memento mei![215]

DIABO
Non es tempus[216], bacharel!
Imbarquemini in batel

---
204. Lanço maldição nesta.
205. Costume.
206. Isso não pode ser.
207. Que não sei latim.
208. Vede o que pedis.
209. Tendes poder acima de um representante real?
210. Não aceitastes suborno?
211. A vela.
212. O diabo refere-se a si mesmo com muita pompa, como se fosse um rei.
213. Esses processos.
214. O fogo do inferno.
215. Senhor, lembra-te de mim.
216. Já não há tempo.

quia Judicastis malitia.[217]

CORREGEDOR
*Sempre ego justitia
fecit*, e bem por nivel.[218]

DIABO
E as peitas[219] dos judeus
que a vossa mulher levava?

CORREGEDOR
Isso eu não o tomava
eram lá percalços seus.
Nom som *pecatus meus,
peccavit uxore mea.*[220]

DIABO
Et vobis quoque cum ea,
não *temuistis Deus.*[221]
*A largo modo adquiristis
sanguinis laboratorum
ignorantis peccatorum.
Ut quid eos non audistis?*[222]

CORREGEDOR
Vós, arrais, *nonne legistis*[223]
que o dar quebra os pinedos?[224]
Os direitos estão quedos,
sed aliquid tradidistis...[225]

DIABO
Ora entrai, nos negros fados[226]!
Ireis ao lago dos cães[227]
e vereis os escrivães
como estão tão prosperados.

CORREGEDOR
E na terra dos danados
estão os Evangelistas?

---
217. Embarcai neste batel porque julgaste com malícia.
218. Sempre fiz a justiça com imparcialidade.
219. Subornos.
220. Não são meus pecados, foi minha mulher quem pecou.
221. E vós, juntamente com ela, não temestes a Deus.
222. Bebestes muito o sangue dos ignorantes camponeses. Por que não os ouvistes?
223. Não lestes.
224. Que dar remove montanhas?
225. Os direitos caem por terra quando recebemos alguma coisa...
226. Destinos.
227. Inferno.

DIABO
Os mestres das burlas vistas[228]
lá estão bem fraguados[229].

Estando o Corregedor nesta prática[230] com o Arrais infernal chegou um Procurador, carregado de livros, e diz o Corregedor ao Procurador:

CORREGEDOR
Ó senhor Procurador!

PROCURADOR
Bejo-vo-las mãos, Juiz!
Que diz esse arrais? Que diz?

DIABO
Que serês bom remador.
Entrai, bacharel doutor,
e ireis dando na bomba.[231]

PROCURADOR
E este barqueiro zomba...
Jogatais[232] de zombador?
Essa gente que aí está
pera onde a levais?

DIABO
Pera as penas infernais.

PROCURADOR
Dix! Nom vou eu pera lá!
Outro navio está cá,
muito milhor assombrado.[233]

DIABO
Ora estás bem aviado[234]!
Entra, muitieramá![235]

CORREGEDOR
Confessaste-vos, doutor?

PROCURADOR
Bacharel som. Dou-me à Demo!

---
228. Fraudes famosas.
229. Atormentados.
230. Conversa.
231. Esvaziando o barco de água.
232. Brincais.
233. De melhor aparência.
234. Arranjado.
235. Em muito má hora.

    Não cuidei que era extremo,
    nem de morte minha dor.
    E vós, senhor Corregedor?

CORREGEDOR
    Eu mui bem me confessei,
    mas tudo quanto roubei
    encobri ao confessor...
    Porque, se o nom tornais[236],
    não vos querem absolver,
    e é mui mau de volver
    depois que o apanhais.

DIABO
    Pois porque nom embarcais?

PROCURADOR
    Quia speramus in Deo.[237]

DIABO
    Imbarquemini in barco meo...[238]
    Pera que *esperatis*[239] mais?

    Vão-se ambos ao batel da Glória, e, chegando, diz o Corregedor ao Anjo:

CORREGEDOR
    Ó arrais dos gloriosos,
    passai-nos[240] neste batel!

ANJO
    Oh! pragas pera papel,[241]
    pera as almas odiosos!
    Como vindes preciosos,
    sendo filhos da ciência!

CORREGEDOR
    Oh! *habeatis*[242] clemência
    e passai-nos como vossos!

PARVO
    Hou, homens dos breviairos[243],

---

236. Devolveis.
237. Porque temos fé em Deus.
238. Embarcai em meu barco.
239. Esperais.
240. Levai-nos.
241. Pragas dos processos.
242. Tende.
243. Livros.

rapinastis coelhorum
et pernis perdigotorum[244]
e mijais nos campanairos!

CORREGEDOR
Oh! não nos sejais contrairos,
pois nom temos outra ponte!

PARVO
Belequinis ubi sunt?[245]
Ego latinus macairos.[246]

ANJO
A justiça divinal
vos manda vir carregados
porque vades embarcados
nesse batel infernal.

CORREGEDOR
Oh! nom praza a São Marçal[247]!
coa ribeira, nem co rio!
Cuidam lá[248] que é desvario
haver cá tamanho mal!

PROCURADOR
Que ribeira é esta tal!

PARVO
Parecês-me vós a mi
como cagado nebri[249],
mandado no Sardoal.
Embarquetis in zambuquis![250]

CORREGEDOR
Venha a negra prancha cá!
Vamos ver este segredo.

PROCURADOR
Diz um texto do Degredo[251]...

---
244. Roubastes coelhos e pernas de perdizes.
245. Onde estão os beleguins (policiais)?
246. Vejam só como eu falo latim (macarrônico).
247. Santo que protege contra o fogo, invocado aqui contra o fogo do inferno.
248. Na terra (em vida).
249. Falcão.
250. Embarcai na nau do diabo (dito num latim todo errado).
251. Decreto de Graciano, um texto de direito muito utilizado na época.

DIABO
Entrai, que cá se dirá!

E Tanto que foram dentro no batel dos condenados, disse o Corregedor a Brízida Vaz, porque a conhecia:

CORREGEDOR
Oh! esteis muitieramá,
senhora Brízida Vaz!

BRÍZIDA
Já siquer[252] estou em paz,
que não me leixáveis lá.

Cada hora sentenciada:
«Justiça que manda fazer....»

CORREGEDOR
E vós... tornar a tecer
e urdir outra meada[253].

BRÍZIDA
Dizede, juiz d'alçada:
vem lá Pêro de Lixboa[254]?
Levá-lo-emos à toa
e irá nesta barcada.

Vem um homem que morreu Enforcado, e, chegando ao batel dos mal--aventurados, disse o Arrais, tanto que chegou:

DIABO
Venhais embora, enforcado!
Que diz lá Garcia Moniz[255]?

ENFORCADO
Eu te direi que ele diz:
que fui bem-aventurado
em morrer dependurado
como o tordo na buiz[256],
e diz que os feitos que eu fiz
me fazem canonizado.

DIABO
Entra cá, governarás
atá as portas do Inferno.

---

252. Pelo menos aqui.
253. Intriga.
254. Conhecido escrivão da corte.
255. Personalidade importante da corte.
256. Pássaro na armadilha.

Auto da Barca do Inferno

ENFORCADO
Nom é essa a nau que eu governo.
DIABO
Mando-te eu que aqui irás.
ENFORCADO
Oh! nom praza a Barrabás[257]!
Se Garcia Moniz diz
que os que morrem como eu fiz
são livres de Satanás...

E disse que a Deus prouvera
que fora ele o enforcado;
e que fosse Deus louvado
que em bo'hora eu cá nacera;
e que o Senhor m'escolhera;
e por bem[258] vi beleguins.
E com isto mil latins[259],
mui lindos, feitos de cera.

E, no passo derradeiro,
me disse nos meus ouvidos
que o lugar dos escolhidos
era a forca e o Limoeiro[260];
nem guardião do moesteiro[261]
nom tinha tão santa gente
como Afonso Valente
que é agora carcereiro.

DIABO
Dava-te consolação
isso, ou algum esforço?
ENFORCADO
Com o baraço[262] no pescoço,
mui mal presta a pregação...
E ele leva a devação[263]
que há-de tornar a jentar...[264]

---
257. O ladrão que foi libertado no lugar de Jesus.
258. Foi para o meu bem que.
259. Palavras incompreensíveis (o latim era uma língua que só os mais educados compreendiam).
260. Nome de uma prisão em Lisboa.
261. Mosteiro.
262. Corda.
263. Conforto.
264. Porque voltará a jantar.

77

Gil Vicente

Mas quem há-de estar no ar[265]
avorrece[266]-lhe o sermão.

DIABO
Entra, entra no batel,
que ao Inferno hás-de ir!

ENFORCADO
O Moniz há-de mentir?
Disse-me que com São Miguel[267]
jentaria pão e mel
tanto que[268] fosse enforcado.
Ora, já passei meu fado,
e já feito é o burel[269].

Agora não sei que é isso:
não me falou em ribeira,
nem barqueiro, nem barqueira,
senão – logo ò Paraíso.
Isto muito em seu siso[270].
e era santo o meu baraço...
Eu não sei que aqui faço:
que é desta glória emproviso[271]?

DIABO
Falou-te no Purgatório?

ENFORCADO
Disse que era o Limoeiro,
e ora por ele o salteiro[272]
e o pregão vitatório[273];
e que era mui notório
que àqueles deciprinados[274]
eram horas dos finados
e missas de São Gregório.[275]

---

265. Dependurado. (na forca).
266. Aborrece.
267. Arcanjo que julga as almas segundo a tradição cristã.
268. Se.
269. Luto.
270. Juízo.
271. De repente.
272. Livro de salmos.
273. Sermão feito na hora da execução.
274. Castigos.
275. O argumento do enforcado é que os castigos recebidos na prisão já teriam valido pelo sofrimento no purgatório, como se fossem missas rezadas pelos mortos. São Gregório é considerado o protetor das almas no purgatório.

DIABO
Quero-te desenganar:
se o que disse tomaras[276],
certo é que te salvaras.
Não o quiseste tomar...
— Alto! Todos a tirar[277],
que está em seco o batel!
— Saí vós, Frei Babriel!
Ajudai ali a botar!

Vêm Quatro Cavaleiros cantando, os quais trazem cada um a Cruz de Cristo, pelo qual Senhor e acrecentamento de Sua santa fé católica morreram em poder dos mouros[278]. Absoltos[279] a culpa e pena per privilégio que os que assi morrem têm dos mistérios da Paixão d'Aquele por Quem padecem, outorgados por todos os Presidentes Sumos Pontífices da Madre Santa Igreja. E a cantiga que assi cantavam, quanto a palavra dela, é a seguinte:

CAVALEIROS
À barca, à barca segura,
barca bem guarnecida,
à barca, à barca da vida!

Senhores que trabalhais
pola vida transitória,
memória, por Deus, memória[280]
deste temeroso cais!
À barca, à barca, mortais,
Barca bem guarnecida,
à barca, à barca da vida!

Vigiai-vos, pecadores,
que, depois da sepultura,
neste rio está a ventura
de prazeres ou dolores!
À barca, à barca, senhores,
barca mui nobrecida,
à barca, à barca da vida!

---
276. Tivesses tomado como verdadeiro.
277. Empurrar.
278. Muçulmanos. Os cavaleiros morreram numa Cruzada, porém a essa altura as guerras promovidas pelos cristãos para conquistar Jerusalém já eram coisa do passado. Gil Vicente refere-se às lutas travadas pelos portugueses contra os muçulmanos no norte da África, que se prolongaram de 1469 até 1548, com muitos avanços e recuos e mortes para ambos os lados.
279. Absolvidos de toda.
280. Lembrai-vos.

E passando per diante da proa do batel dos danados assi cantando, com suas espadas e escudos, disse o Arrais da perdição desta maneira:

DIABO
    Cavaleiros, vós passais
    e nom perguntais onde is?

1º CAVALEIRO
    Vós, Satanás, presumis?[281]
    Atentai com quem falais!

2º CAVALEIRO
    Vós que nos demandais?
    Siquer conhecê-nos bem:
    morremos nas Partes d'Além[282],
    e não queirais saber mais.

DIABO
    Entrai cá! Que cousa é essa?
    Eu nom posso entender isto!

CAVALEIROS
    Quem morre por Jesu Cristo
    não vai em tal barca como essa!

Tornaram a prosseguir, cantando, seu caminho direito à barca da Glória, e, tanto que chegam, diz o Anjo:

ANJO
    Ó cavaleiros de Deus,
    a vós estou esperando,
    que morrestes pelejando
    por Cristo, Senhor dos Céus!
    Sois livres de todo mal,
    mártires da Santa Igreja,
    que quem morre em tal peleja
    merece paz eternal.

E assim embarcam.

---

281. Tendes ideia?
282. Além-mar (na África).